Bianca™

DESEO Y CHANTAJE

Lynne Graham

Editado por Harlequin Ibérica.
Una división de HarperCollins Ibérica, S.A.
Núñez de Balboa, 56
28001 Madrid

Deseo y chantaje, n.º 2750 - 8.1.20
Título original: The Greek's Blackmailed Mistress
Publicada originalmente por Harlequin Enterprises, Ltd.

I.S.B.N.: 978-84-1328-770-6
Depósito legal: M-35807-2019
Impreso en España por: BLACK PRINT
Fecha impresion para Argentina: 6.7.20
Distribuidor exclusivo para España: LOGISTA
Distribuidor para México: Distibuidora Intermex, S.A. de C.V.
Distribuidores para Argentina: Interior, DGP, S.A. Alvarado 2118.
Cap. Fed./Buenos Aires y Gran Buenos Aires, VACCARO HNOS.

Este libro ha sido impreso con papel procedente de fuentes certificadas según el estándar FSC, para asegurar una gestión responsable de los bosques.

Capítulo 1

NO, NO me puedes echar. Soy demasiado guapa para que me eches –dijo Fabiana, mirando a Xan con incredulidad–. ¿O es que no te he entendido bien? Sabes que no domino tu idioma y que…

–Me has entendido perfectamente –replicó Xan–. Te dije que solo te podías quedar dos meses, y ya han pasado. Pero no te preocupes por tus cosas. Los de la mudanza llegarán dentro de una hora.

Fabiana se giró hacia un espejo, se miró con aprobación y, tras ahuecarse su preciosa melena de rizos oscuros, dijo:

–No me puedo creer que ya no me desees.

Xan perdió la paciencia. ¿Cómo era posible que se hubiera encaprichado de una mujer tan increíblemente vanidosa?

–Pues no te deseo.

–¿Y adónde voy a ir?

Fabiana clavó los ojos en él, consciente de que no encontraría a nadie tan interesante. De pelo negro, cuerpo perfecto y un metro noventa de altura, el griego Xan Ziakis tenía un rostro casi tan devastadoramente atractivo como su cuenta bancaria, que era la de un mago de las finanzas.

–A un hotel –contestó él–. Te he reservado una suite.

Xan no se sentía incómodo con la situación. Fabiana siempre había sabido que cambiaba de amante cada dos meses y, por otro lado, había sacado grandes beneficios de su asociación con él. Incluso más de lo que se merecía, teniendo en cuenta que solo se habían acostado unas cuantas veces.

Ese detalle lo empujó a cuestionar sus motivos. Teóricamente, buscaba la compañía de mujeres como Fabiana para satisfacer su libido; pero, aunque solo tenía treinta años, se aburría enseguida de ellas. Su trabajo le interesaba más que el sexo, y aún no estaba preparado para ceder a las insistentes presiones de su madre, empeñada en que se echara novia y se casara de una vez.

Además, no quería repetir los errores de su padre. Helios se había casado demasiado joven, y sus cinco matrimonios habían dejado tres cosas a Xan: una costosa y problemática parroquia de hermanastros, la férrea determinación de seguir soltero hasta los cuarenta años y la no menos férrea intención de acostarse con todas las gatas salvajes que se cruzaran en su camino.

Sin embargo, ni Fabiana ni sus muchas predecesoras tenían nada en común con los gatos salvajes. Eran modelos o actrices que conocían su situación económica y estaban encantadas de conceder sus favores a cambio de su generosidad.

Al pensarlo, Xan se dijo que sonaba bastante sórdido; pero, sórdido o no, era el arreglo más adecuado para él. Así, cubría sus necesidades más básicas y se ahorraba los peligros del amor, que conocía de primera mano porque le habían partido el corazón a los veintiún años, cuando aún era joven e idealista. Y había aprendido la lección.

Cuatro años después, se había convertido en un multimillonario que compraba y vendía corporaciones en la City londinense de forma habitual. Su buen hacer había tapado el gigantesco agujero que su imprudente padre había causado en la fortuna de los Ziakis y, tras solventar ese problema, se dedicó a organizar su vida sexual como organizaba todo lo demás, porque no soportaba el desorden.

Quería que su vida fuera tranquila, incluso rutinaria. Él no terminaría en el caos de rupturas matrimoniales y costosos divorcios que había diezmado el patrimonio de Helios. Era más fuerte y más listo que su padre. De hecho, era más listo que la inmensa mayoría de las personas que conocía, y solo asumía riesgos en el campo profesional, donde confiaba plenamente en su instinto.

Aún se estaba jactando de su inteligencia cuando el sonido del teléfono móvil lo sacó de sus pensamientos. Era su jefe de seguridad, lo cual le desconcertó, porque Dmitri no le habría llamado sin tener un buen motivo.

Al cabo de unos segundos, estaba tan enfadado que se fue de allí sin despedirse de la hermosa Fabiana. Alguien se había atrevido a robarle una de sus pertenencias más queridas. Alguien había violado el santuario de su ático, un lugar tan importante para él que ni sus propias amantes lo conocían.

–Sospecho que ha sido la criada –le informó Dmitri.

–¿La criada? –replicó Xan, atónito.

–O su hijo. Le dejó entrar en el piso, aunque sabe que va contra las normas –respondió Dmitri–. ¿Qué prefieres que haga? ¿Llamo a la policía? ¿O soluciono el asunto de forma discreta?

Xan pensó que no había castigo suficiente para el delito que habían cometido. No habían robado un objeto cualquiera, sino la pequeña vasija de jade que decoraba el vestíbulo del ático; una pieza de la China imperial, que le había costado una verdadera fortuna.

–¡Llama a la policía! –bramó, fuera de sí–. ¡Quiero que caiga sobre ellos todo el peso de la ley!

Al día siguiente, Daniel se arrojó a los brazos de Elvi y rompió a llorar.

–¡Lo siento! –dijo el adolescente a su hermana–. ¡Esta pesadilla es culpa mía!

Elvi le puso las manos en la cara y clavó la vista en sus angustiados ojos verdes.

–Tranquilízate. Te haré un té y…

–¡No quiero té! –la interrumpió Daniel–. ¡Quiero ir a la comisaría y decirles que he sido yo, no mamá!

–De ninguna manera –replicó Elvi, imponiéndose a su hermano–. Mamá ha asumido la culpa por una buena razón.

–¡Sí, claro, la maldita facultad de Medicina! Pero eso no importa, Elvi.

Elvi sacudió la cabeza. Daniel quería seguir los pasos de su difunto padre. Quería ser médico desde que era un niño. Se había esforzado tanto que había conseguido una beca en Oxford por sus excelentes resultados académicos. Y, si lo condenaban por robo, su carrera quedaría truncada antes de empezar.

Eso era tan evidente como el hecho de que su madre había mentido para protegerlo. Pero ¿cómo era posible que su hermano hubiera robado algo? Le parecía tan absurdo que no se lo podía creer.

Decidida a encontrar respuestas, se sentó en la cama de Daniel y lo miró. No se parecían nada. Eran hijos de madres distintas, porque la de Elvi había fallecido poco después de dar a luz y su padre se había vuelto a casar, lo cual explicaba sus notables diferencias: él, un alto, moreno y delgado joven de dieciocho años recién cumplidos y ella, una baja y exuberante rubia de ojos azules. La nueva esposa de su padre, Sally, había adoptado a Elvi legalmente cuando era pequeña y se había ocupado de ella.

–Cuéntame lo que pasó. Necesito saberlo.

–No hay mucho que contar –dijo él–. Me pidió que pasara a recogerla y la llevara a su reunión de Alcohólicos Anónimos, pero llegué antes de tiempo.

Elvi suspiró. Sally Cartwright llevaba tres años sin beber, pero el alcoholismo era una dolencia muy grave, y Daniel y ella se aseguraban de que asistiera a las reuniones para que no sufriera una recaída.

–¿Y? –insistió Elvi.

–Estaba terminando de limpiar, así que me dijo que me sentara en el vestíbulo y no tocara nada. ¡Como si yo fuera un niño pequeño! –protestó el adolescente–. Me molestó tanto que hice lo contrario de lo que me había pedido.

–¿Qué tocaste, Daniel?

–Una vasija de jade, una de esas cosas que solo

se ven en los museos. Era tan bonita que la alcancé y la llevé a la ventana para verla a la luz.

–¿Y qué ocurrió después? –preguntó ella, cada vez más preocupada.

–Que llamaron a la puerta y mamá se acercó a abrir –respondió él, incómodo–. Como no quería que me viera con la vasija, la escondí a toda prisa. Pero no la pude devolver a su sitio, porque el hombre que llamó era un empleado del señor Ziakis que se enfadó al verme y me ordenó que me marchara y esperara a mamá en la calle.

–¡Oh, Dios mío! ¡Tendrías que habérsela dado! ¡Te convertiste en un ladrón en el momento en que te fuiste con ella!

–¿Crees que no lo sé? –dijo el chico con tristeza–. Pero el miedo pudo conmigo, de modo que me la llevé a casa y la guardé en un cajón. Pensaba decírselo a mamá, para que la devolviera al día siguiente. ¿Quién se iba a imaginar que descubrirían su ausencia esa misma noche y que denunciarían el robo?

Elvi pensó que Daniel se había comportado como un verdadero idiota, pero se calló su opinión porque era obvio que él también lo pensaba.

–¿Cuándo ha venido la policía?

–Esta mañana. Llegaron con una orden de registro y, por supuesto, encontraron la vasija. Mamá me pidió que fuera a su habitación a buscar su bolso y, mientras yo intentaba encontrarlo, se confesó culpable. Ya la habían esposado cuando volví –explicó Daniel, visiblemente emocionado–. Necesitamos un abogado con urgencia.

Elvi intentó encontrar una solución, pero no se

le ocurrió ninguna. Conocía demasiado bien al jefe de su madre, un hombre tan rico como obsesivo. Tenía armarios distintos para cada tipo de ropa, y una mesa que nadie podía tocar. Ordenaba sus libros por orden alfabético, y exigía que le cambiaran las sábanas todos los días.

Su obsesión llegaba a tal extremo que había redactado una lista donde se especificaba detalladamente lo que Sally podía o no podía hacer. Y el hecho de que ese mismo hombre pareciera salido de una revista de supermodelos masculinos no cambiaba las cosas; como mucho, las volvía más injustas.

Elvi lo sabía porque lo había estado investigando por Internet, desconcertada con su maniática actitud. La diosa Fortuna había bendecido a Xan Ziakis de todas las formas posibles y, sin embargo, se comportaba como si sufriera un trastorno obsesivo compulsivo. Aunque quizá lo sufriera de verdad. A fin de cuentas, nadie podía ser tan perfecto en persona, como ella misma había tenido ocasión de comprobar.

Solo se habían cruzado un par de veces, cuando aún acompañaba a su madre a sus reuniones de Alcohólicos Anónimos. Pero siempre pensaba lo mismo: que era la perfección personificada, el hombre más guapo que había visto en su vida.

Horas después, Sally Cartwright se sentó con su hija adoptada en el dormitorio que compartían. Era una esbelta y bella morena de ojos verdes que había cruzado hacía tiempo la barrera de los cuarenta años.

–He hecho lo único que podía hacer –afirmó, mirándola con intensidad.

Elvi era consciente de que su hermano estaba en el dormitorio contiguo y, como no quería que oyera su conversación, replicó en voz baja.

–No, no era lo único. Tendrías que haber dicho la verdad. Los dos tendríais que haberla dicho.

–Nadie nos habría creído, Elvi. Somos pobres –dijo su madre con tristeza–. ¿Y por qué lo somos? ¡Porque he destrozado vuestra vida y la mía! Hasta he conseguido que una familia feliz acabe en un sitio como este.

El sitio al que Sally se refería era el piso de protección oficial donde vivían; pero el sentido despectivo de su comentario no preocupó tanto a Elvi como su amargura. Tenía miedo de que el sentimiento de culpabilidad la arrastrara otra vez al alcohol.

La vida de los Cartwright había cambiado radicalmente tras la súbita muerte de su padre. Hasta entonces, tenían una casa y una posición económica desahogada. Pero la tragedia afectó tanto a Sally que empezó a beber y terminó perdiendo su empleo como profesora en un colegio de chicas, lo cual obligó a Elvi a dejar los estudios y ponerse a trabajar con solo dieciséis años.

Por desgracia, su sacrificio no fue suficiente. Las deudas acumuladas derrumbaron el castillo de naipes de su pequeño paraíso familiar y, poco tiempo después, tocaron fondo y se quedaron sin casa.

Su existencia posterior había sido un lento, continuado y generalmente fracasado esfuerzo por recuperar parte de lo perdido, aunque sus vidas habían mejorado bastante. ¡Qué alegría se llevaron cuando Daniel pudo entrar en la facultad de Medicina! Elvi estaba orgullosa de él, porque había seguido estudiando a pesar de las circunstancias y había conseguido una plaza en una de las mejores universidades del país.

Y ahora, un error estúpido lo podía mandar al traste.

–No, no –continuó Sally, decidida–. Tenía que confesarme culpable. Es la única forma de devolveros lo que os quité a los dos con mi alcoholismo. Y no puedes decir o hacer nada que me haga cambiar de opinión.

Elvi pensó que eso habría que verlo, aunque se abstuvo de decirlo en voz alta.

Aquella noche, mientras Sally dormía en su cama, Elvi se puso a pensar en su difunta madre, una enfermera finlandesa que falleció pocos meses después de dar a luz, atropellada por un coche. Elvi no se acordaba de ella. Solo le había dejado unas cuantas fotos desgastadas y un puñado de cartas de su abuela, que también había fallecido. Pero eso no impedía que la quisiera tanto como quería a su hermano.

Dos años después del trágico accidente, su padre se casó con Sally, quien le dio un hijo. Y desde entonces, ellos eran el centro de su existencia, lo único que le importaba.

Por desgracia, Sally se sentía culpable por haber caído en el alcoholismo tras la muerte de su esposo. No entendía que Daniel y ella la habían perdonado, si es que había algo que perdonar. Al fin y al cabo, no era alcohólica a propósito. Se había hundido al verse sola con un bebé y una niña de seis años, porque no tenía familiares a los que acudir ni un mal amigo que la pudiera ayudar.

Elvi lo comprendía perfectamente. Tenía la inteligencia y la compasión necesarias para no culpar a su madre de la situación en la que se encontraban. Y, por supuesto, no iba a permitir que se hundiera de nuevo tras haberse esforzado tanto por rehabilitarse.

Pero ¿qué podía hacer?

¿Hablar con Xan Ziakis con la esperanza de que detrás de sus trajes de diseño y su reputación de empresario implacable se ocultara un hombre decente? No parecía posible. No encajaba con la imagen de depredador solitario que se había ganado en la City de Londres. Hacía las cosas por su cuenta y riesgo. Se negaba a trabajar en equipo y desdeñaba cualquier tipo de asociación con los demás, aunque fuera temporal.

De hecho, su madre le había comentado que nunca llevaba mujeres a su casa, lo cual resultaba bastante sospechoso. En otras circunstancias, Elvi habría pensado que era homosexual. Pero no lo era, como bien sabía ella. Aún recordaba el tórrido halago que le había dedicado meses atrás, un halago que había despertado su deseo y avivado brevemente su antiguo encaprichamiento juvenil.

Por suerte, ya no era una adolescente impresionable, sino una mujer de veintidós años. Xan Ziakis había dejado de ser su secreta obsesión. Y, en cualquier caso, nunca habría podido competir con las altas y esbeltas modelos que aparecían con él en la prensa: apenas superaba el metro cincuenta y siete de altura y, por si eso fuera poco, tenía un cuerpo exuberante, de nalgas tan generosas como sus senos.

¿Sería eso lo que había llamado su atención hasta el punto de dedicarle un halago? ¿Sus grandes senos?

Elvi suponía que sí, y se preguntó si podría usarlos en su beneficio, para conseguir que hablara con ella y escuchara sus razones. No era una táctica precisamente ética, pero podía ser la única posibilidad de acceder a un hombre tan poderoso como él.

Tras decidirse por ello, se planteó el siguiente problema. ¿Qué debía hacer? ¿Ir a verlo a su casa? ¿O presentarse en su despacho? En principio, la segunda opción parecía más recomendable que la primera, teniendo en cuenta que era un obseso de su intimidad. Pero no llegó a tomar una decisión hasta la mañana siguiente, porque se quedó dormida.

Poco antes del alba, despertó de un sueño inquieto, se levantó de la cama y cambió de parecer sobre la estrategia a seguir. Como le parecía improbable que Xan Ziakis quisiera concederle una entrevista personal, decidió escribirle una carta. La causa lo merecía y, en cualquier caso, sería mejor que no hacer nada.

Encendió el ordenador de Daniel, redactó una disculpa por los problemas que le habían causado y empezó a escribir sobre la historia de su familia. Si hubiera podido, le habría contado la verdad; pero se estaba dirigiendo a un hombre peligroso, capaz de retirar los cargos contra su madre, de acusar a su hermano y tal vez, de utilizar esa misma carta contra ellos, una posibilidad que le preocupaba mucho.

Pero ¿qué otra opción tenía? Aparentemente, ninguna. Estaba condenada a escribir a un hombre implacable con la esperanza de que hubiera algo decente en su corazón y se compadeciera de su familia.

Cuando terminó, metió la carta en un sobre y se dirigió a la sede de su empresa, adonde llegó a las ocho. Por suerte, ella no empezaba a trabajar hasta las nueve y, afortunadamente su madre le había hablado tanto de su jefe que conocía sus costumbres a la perfección: salía de su casa a esa misma hora, se subía a su limusina y se iba directamente al despacho. Todos los días. Fines de semana incluidos.

Minutos después, el enorme vehículo negro se detuvo frente al edificio. Elvi estaba esperando en la acera, y se llevó una sorpresa al ver que Xan Ziakis no llegaba solo, sino en compañía de tres guardaespaldas tan trajeados como él, que formaron un muro a su alrededor.

–¡Atrás! –exclamó uno de los guardaespaldas.

Elvi dio un paso atrás, tan desconcertada con su actitud beligerante como con el atractivo del alto y moreno hombre al que intentaba proteger.

–¿Qué lleva ahí? –preguntó otro, cuya cara le resultaba familiar.

–Una carta –acertó a decir.

–¿Sobre su madre?

–Sí…

–Démela.

Elvi se la dio y, al alzar la cabeza, se dio cuenta de que la estaba mirando con amabilidad, lo cual aumentó su desconcierto.

–¿Quién es usted?

–Dmitri –dijo el hombre–. Conozco a su madre... No le puedo asegurar que el señor Ziakis lea la carta, pero me encargaré de que la reciba.

–Gracias.

–No hay de qué. Sally es una mujer encantadora.

El guardaespaldas se guardó la carta y desapareció en el interior del edificio, en el que ya habían entrado los demás.

Elvi se alejó entonces y se subió a un autobús para dirigirse a la mercería donde trabajaba, preguntándose si Xan Ziakis llegaría a leer la carta. Dmitri le había prometido que se la entregaría, y no tenía motivos para dudar de él; especialmente, porque le había dado la impresión de que no creía que Sally hubiera cometido ningún delito. Aunque, por lo que sabía de su jefe, era capaz de tirarla.

Sin embargo, Xan se quedó tan perplejo al ver que su jefe de seguridad le dejaba una carta en la mesa que la alcanzó de inmediato y miró el nombre del remitente, *Elvi Cartwright.*

Su primer impulso fue el de tirarla a la papelera; en parte, porque desconfiaba de las mujeres en general y, en parte, porque ya la conocía. Se había cruzado con ella dos meses antes, en el portal del edificio donde vivía, y le había gustado tanto que había hablado con Dmitri para que la investigara, suponiendo que sería vecina suya.

Cuando Dmitri le dijo que era la hija de la mujer que limpiaba su casa, la expulsó de sus pensamientos. Desde su punto de vista, los multimillonarios no se debían mezclar con los familiares de sus criados. La brecha que los separaba era demasiado grande y el riesgo de complicar las cosas, excesivo.

Pero, a pesar de ello, se acordaba de Elvi como si la acabara de ver. Sus preciosos ojos azules, su pelo rubio platino y su abrumadora naturalidad le habían llamado la atención poderosamente. Y ni siquiera sabía por qué.

Elvi Cartwright no se parecía nada a las mujeres con las que se solía acostar. Era de estatura baja, y daba la impresión de estar algo rellenita, aunque no estaba seguro: solo la había visto una vez, y llevaba una chaqueta negra que ocultaba su figura. Pero, por inexplicable que fuera, se había sentido más atraído por ella que por ninguna de sus amantes.

Indeciso, volvió a mirar la carta que le había dejado Dmitri en el escritorio. ¿Por qué se habría involucrado en un asunto tan sórdido? A falta de respuestas, optó por abrirla y salir de dudas. Al fin y al cabo, era su jefe de seguridad. Si no podía confiar en él, no podía confiar en nadie.

Minutos después, había descubierto dos cosas: la primera, que Elvi escribía mucho mejor de lo que se había imaginado y la segunda, que su intervención abría un amplio abanico de posibilidades eróticas.

Cuanto más leía, más tórridas eran sus ideas. Él, que nunca había sucumbido a ningún tipo de tentación imprudente; él, que calculaba todos sus pasos y reprimía todos los impulsos arriesgados, se dejó llevar por su imaginación y terminó completamente dominado por su libido, algo que no le había pasado nunca.

En su rostro se dibujó una oscura sonrisa que cualquiera de los que se atrevían a enfrentarse a él en el mundo de las finanzas habría reconocido al instante: una sonrisa de peligro, de amenaza inminente. Había tomado una decisión. Esperaría un par de días, para que Elvi Cartwright se cociera en su propia salsa. Y entonces, solo entonces, se pondría en contacto con ella.

Capítulo 2

LOS DOS días siguientes fueron una tortura para Elvi. Esperaba que Xan Ziakis o alguno de sus empleados la llamara en cualquier momento, así que no se apartaba del teléfono. Pero no recibió la llamada hasta el tercer día, cuando ya empezaba a perder la esperanza.

Tras concertar una entrevista a última hora de la tarde, habló con su jefa y se inventó una supuesta cita con el dentista para poder salir antes del trabajo. Su jefa le dio permiso, aunque solo a cambio de que trabajara durante su hora de comer, y Elvi cumplió con sus obligaciones en piloto automático mientras ensayaba discursos que rechazaba una y otra vez. Tenía que ser breve y concisa, porque no creía que Xan Ziakis le concediera más de diez minutos.

Cuando llegó a la sede de Ziakis Finance y se sentó en la sala de espera, era un manojo de nervios. ¿Cómo iba a conseguir que retirara los cargos? No tenía nada que ofrecer, nada con lo que negociar. Solo se saldría con la suya si resultaba ser un hombre bueno, capaz de apiadarse de su madre. Pero tenía fama de todo lo contrario. Era un empresario sin escrúpulos, obsesionado con su margen de beneficios.

Al cabo de un rato, empezó a tener calor y se abrió la chaqueta del traje que se había puesto, revelando la camisa azul que llevaba debajo. Estaba convencida de que aquella reunión era una pérdida de tiempo. Xan era un hombre rico, un privilegiado que se sentía por encima del resto de los mortales. No entendería el alcoholismo de Sally Cartwright. No apreciaría su esfuerzo por dejar la bebida. No sabría ponerse en el lugar de sus familiares.

Justo entonces, la esbelta recepcionista pronunció su nombre con el tono bajo que parecían utilizar todos los empleados de la empresa, situada en el último piso del edificio. Elvi se levantó de inmediato, intentando mantener el aplomo. No se podía permitir el lujo de perderlo. No con un hombre tan disciplinado como él.

Cuando abrió la puerta del despacho, le pareció tan grande como un estadio de fútbol. Elvi pensó que hasta el tamaño de la sala pretendía intimidar, pero alzó la barbilla y se puso bien recta, decidida a no mostrarse débil.

–Soy Elvi, la hija de Sally Cartwright –anunció tranquilamente.

Xan, que estaba apoyado en la mesa, la miró a los ojos. Por fin iba a tener lo que quería. Al despedir a Sally, había eliminado el único obstáculo que le impedía seducir a Elvi. Ya no se tenía que preocupar por el engorroso asunto de mantener relaciones con la hija de una empleada. Y, en cuanto a su estatus social, muy inferior al de sus amantes habituales, tampoco le preocupaba. ¿Quién había dicho que no se pudiera acostar con una trabajadora?

–Xander Ziakis –replico él, ofreciéndole una elegante y morena mano.

Elvi dudó antes de estrechársela. Era la primera vez que estaba tan cerca de él, y sus ojos de color ámbar le parecieron tan atrayentes como sus pecaminosamente largas pestañas y su impresionante cuerpo, que su traje enfatizaba. Casi no podía respirar.

–Siéntate, Elvi –continuó Xan.

Elvi pensó que no era extraño que se hubiera encaprichado de él cuando era más joven. Estaba ante el hombre más atractivo que había visto en su vida.

–No estaré cómoda si yo me siento y tú te quedas de pie –alegó.

Xan la miró con humor y, acto seguido, se acercó a su sillón, esperó a que Elvi tomara asiento y después, la imitó.

–¿Te apetece algo de beber? ¿Café? ¿Té? ¿Agua?

Elvi cerró las manos sobre su bolso, intentando disimular su temblor.

–Agua, si no es molestia –respondió.

Él pulsó un botón y dio la orden pertinente a uno de sus empleados, que apareció treinta segundos después con lo que le había pedido. Ella alcanzó el vaso, se lo llevó a los labios y bebió.

Xan la observó con fascinación, porque Elvi tenía más aplomo del que se había imaginado y era diez veces más guapa de lo que recordaba. De hecho, estaba preparado para llevarse una decepción;

pero la mujer que se había sentado al otro lado de la mesa tenía unos ojos tan azules como un cielo griego, una piel tan lustrosa como las perlas y una larga melena rubia platino que le caía hasta la cintura.

Pero eso no era lo único. También estaban las fabulosas curvas y la estrecha cintura que intentaba ocultar bajo la chaqueta. No estaba gorda en modo alguno. Estaba perfecta, sencillamente gloriosa. Y Xan se preguntó si sería consciente de que él no se había sentado por educación, sino porque le había provocado una erección y era la única forma de disimularlo.

Tras pensarlo un segundo, llegó a la conclusión de que no se había dado cuenta. Era bastante obvio, porque no había ni el menor trasfondo de coqueteo en su actitud, lo cual avivó su interés. La mayoría de las mujeres flirteaban con él desde el principio, pero aquella ni siquiera se había molestado en maquillarse.

–¿Por qué crees que te he concedido una cita?

Xan lo preguntó con brusquedad, porque no se fiaba de las mujeres. De niño, había tenido la mala fortuna de cruzarse con varias madrastras de lo más desagradables y, por si eso fuera poco, su primer amor le había abandonado cuando se enteró de que la fortuna de su familia había desaparecido.

–No lo sé. Por eso estoy aquí –contestó ella–. Supongo que has leído mi carta.

Él se recostó en el sillón.

–¿Por qué iba a querer ayudar a una mujer que me ha robado?

Elvi palideció.

–Bueno, es posible que no quieras…

–En efecto –la interrumpió él–. No quiero ayudarla. Creo que la gente debe pagar por los delitos que comete.

–Sí, pero…

–No hay peros que valgan. Y no voy a hacer una excepción con tu madre –sentenció Xan–. De hecho, tú me das más pena que ella. Crecer con una alcohólica tiene que ser verdaderamente duro.

Elvi apretó los puños, indignada.

–¡No necesitamos tu compasión! –bramó.

–Puede que tu familia no la necesite, pero tú sí. Eso es lo que pides en tu carta, compasión. Y no sé qué ganaría yo con ello.

–Oh, vamos, ya te han devuelto la vasija.

–Me temo que no. Es la prueba de un delito, y sigue en manos de la policía.

Elvi respiró hondo, intentando pensar con claridad. Hasta entonces, Xan le había parecido tan gélido y distante como un bloque de hielo; pero cambió de opinión cuando alzó la cabeza y vio que estaba mirando sus senos con deseo. Por lo visto, le parecían más interesantes que ella misma.

–Mi madre ya ha recibido castigo. La han arrestado, ha perdido su trabajo, ha perdido su reputación y…

–Elvi –la interrumpió Xan de nuevo.

–¡Déjame hablar! –protestó ella–. ¿Por qué no quieres retirar los cargos?

–Ya te he dicho por qué.

Ella clavó en él sus grandes ojos azules.

–Lo sé, pero ¿no te sentirías mejor si te mostraras benevolente?

A Xan le pareció una pregunta tan ingenua que estuvo a punto de reírse.

–Yo no tengo ni un gramo de benevolencia en todo mi cuerpo. Soy un hombre duro. Eso es lo que soy.

Elvi asintió e hizo ademán de levantarse.

–Está bien, como quieras. No voy a repetir la triste historia que te conté en mi carta. Si esa es tu última palabra…

–No lo es. Te habrías dado cuenta si prestaras atención, pero es evidente que no estás acostumbrada a escuchar –dijo Xan–. He preguntado qué ganaría yo si me mostrara compasivo, y lo he preguntado porque tengo una oferta para ti.

–¿Una oferta? –dijo ella, sorprendida–. ¿Qué tipo de oferta?

–Una tan sencilla como directa –respondió Xan–. Te deseo, Elvi. Entrégate a mí y retiraré los cargos.

Elvi se quedó boquiabierta, sin poderse creer lo que acababa de oír. Le había dicho que la deseaba. Quería que fuera suya.

¿En qué tipo de mundo vivía ese hombre? ¿A qué clase de mujeres estaba acostumbrado? Elvi no lo sabía, pero le pareció una propuesta absolutamente inaceptable. ¿Cómo se atrevía a pedir sexo a cambio de un favor?

–Veo que te has quedado sin habla –dijo él con sorna.

Ella se levantó de la silla como impulsada por un resorte y, a continuación, le arrojó el agua del vaso.

–¿Por quién me has tomado? ¡No soy una prostituta!

Xan sacudió la cabeza mientras las gotas de agua resbalaban por su rostro. Era la primera vez que le atacaban de esa manera, pero no movió ni un músculo. De hecho, se preguntó si sería tan apasionada en la cama como fuera de ella.

–No he insinuado que lo seas –se defendió él–. Te estoy ofreciendo el puesto de amante, aprovechando que está temporalmente libre. Si aceptas, estaré encantado de tenerte en mi cama durante un par de meses.

–¿Que el puesto está libre? «¿El puesto?» –repitió ella con incredulidad–. ¿Qué relación tienes tú con el sexo?

–Una relación bastante sana. Es una necesidad física que se debe cubrir, y me limito a cubrirla –contestó él, mirándola a los ojos–. Pero, por si te sientes mejor, añadiré que te deseo desde que te vi en el portal de mi casa. Me gustaste tanto que te investigué y, cuando supe que eras la hija de mi asistenta, me olvidé del asunto. Me pareció que habría sido inapropiado.

Elvi, que no salía de su asombro, exclamó:

–¡No me lo puedo creer! Si ni siquiera me conoces…

–No necesito conocerte a fondo para tenerte de amante. Mi relación con las mujeres es más física que intelectual.

–¡Pero me estás intentando comprar!

–Claro que sí. Y, si te parece bien, retiraré los cargos de inmediato –dijo él–. Las negociaciones son así, Elvi. Tú das, yo doy. Es un concepto básico en el mundo de las empresas.

–¡Es extorsión!

–No, no lo es, yo no te obligo a nada. La decisión es tuya –observó Xan–. Pero no es necesario que me contestes ahora. Piénsalo con detenimiento.

–¡No tengo nada que pensar! ¡Es una propuesta indecente! ¡Yo no soy de esa clase de mujeres!

–Pero te gusta el sexo, ¿no? –replic él–. Además, no espero nada distinto. No soy adicto al sadomasoquismo. Mis gustos sexuales son corrientes.

–¡Me da lo mismo! ¡No me interesa lo que hagas en la cama! –bramó Elvi, roja como un tomate–. No me voy a convertir en una especie de esclava sexual.

Xan soltó una carcajada y, acto seguido, se levantó del sillón y le dio una tarjeta con su número de teléfono.

–No serías mi esclava sexual, sino mi amante. No te ofendas, pero eres exageradamente melodramática.

–¡Por supuesto que me ofendo! ¡Me ofende todo lo que has dicho! Si llego a saber que intentarías comprarme, no habría venido a verte. Seré una estúpida, pero no se me había ocurrido esa posibilidad.

Xan la deseó más de lo que había deseado nunca a ninguna mujer. Sus impresionantes senos subían y bajaban, su boca abierta era una tentación y sus ojos estaban tan grandes por la ansiedad que se imaginó con ella en la cama.

Aquello era lujuria en estado puro, pero de un

tipo que no había sentido hasta entonces: uno que no podía controlar. Cuanto más se enfrentaba a él, más ansiaba hacerla suya. Definitivamente, Elvi Cartwright no era ni aburrida ni insípida. Incluso era posible que su referencia a la esclavitud sexual no fuera una queja, sino una confesión inconsciente sobre sus fantasías más tórridas.

En cualquier caso, estaba decidido a descubrirlo, porque tampoco recordaba haber sentido tanta curiosidad por ninguna mujer.

Pero, de momento, Elvi lo había rechazado una y otra vez. Y Xan pensó que quizá fuera lo mejor. ¿Qué demonios le estaba pasando? El intercambio de favores que le había ofrecido era completamente nuevo para él. ¿Tan aburrido estaba que tenía que inventarse cosas nuevas? Él no hacía esas cosas. Se acostaba con mujeres que le querían por su dinero y las dejaba cuando se cansaba de ellas, con toda naturalidad.

–Si cambias de opinión, llámame.

Elvi sacudió la cabeza, y su melena rubia platino le acarició los hombros, aumentando el deseo de Xan. Pero empezaba a estar incómodo con la situación, así que se acercó a la puerta y la abrió, ansioso por poner fin al encuentro.

–Buena suerte –continuó, sintiéndose orgulloso de su contención emocional.

–¡Eres el hombre más odioso que he conocido!

Elvi dio media vuelta y salió del despacho como una exhalación, sin darse cuenta de que se había dejado la chaqueta.

–¡Elvi!

–¿Qué quieres? –bramó.

Xan le dio la chaqueta.

–Oh... gracias –acertó a decir ella.

Justo entonces, Xan notó que los ojos se le habían llenado de lágrimas, y se sintió el ser más despreciable de la Tierra.

Sin embargo, fue una sensación efímera. Él era como era, y nunca había sido un hombre blando. Si Elvi quería sobrevivir, tendría que endurecerse un poco. El mundo no era un lugar bonito, sino terrible.

Elvi seguía indignada con Xan cuando llegó a casa y encontró a su madre en la cocina, sentada a la mesa.

–¿Qué voy a hacer? –dijo entre lágrimas–. No conseguiré otro trabajo si el señor Ziakis da malas referencias de mí. ¡Nadie quiere contratar a una ladrona! Y tampoco puedo decir la verdad.

Elvi palideció.

–Ya se nos ocurrirá algo –replicó, intentando tranquilizarla–. ¿Daniel está en el restaurante?

–Sí. Menos mal que tiene ese trabajo... de lo contrario, no saldría de su habitación –afirmó su madre–. Está terriblemente deprimido. Se siente culpable.

Elvi asintió, y se preguntó si había hecho lo correcto al rechazar la oferta de Xan Ziakis. ¿Convertirse en su amante a cambio de que retirara los cargos? Era una idea indecente. Pero también era la única forma de poner fin a aquella pesadilla.

Cuando se acostó, se puso a dar vueltas al asunto. Su situación no podía ser más irónica, teniendo en cuenta que había fantaseado muchas veces con acostarse con él. Le gustaba tanto que había llenado sus sueños y su imaginación durante años, aunque ese detalle no era tan revelador como parecía. ¿Cómo no los iba a llenar, si Xan Ziakis era uno de los pocos hombres con los que se había relacionado?

Durante su adolescencia, se había dedicado a cuidar de su hermano pequeño y de su comatosa madre, así que no tenía tiempo de salir con chicos. Mientras sus amigas disfrutaban de la vida, ella ejercía de adulto responsable. Y, por si eso fuera poco, se había puesto a trabajar en una mercería, lo cual limitaba más su contacto con el sexo opuesto, porque los hombres no solían comprar ovillos de lana y agujas de tejer.

No era de extrañar que siguiera siendo virgen.

Al pensarlo, Elvi estuvo a punto de soltar una carcajada. Su experiencia sexual era inexistente, pero Xan no lo sabía, y la había tomado por una mujer versada en las artes del amor. Si no, ¿por qué le había ofrecido el puesto de amante?

Justo entonces, se dio cuenta de algo que le había pasado desapercibido, indignada como estaba por su ofrecimiento: que Xan la quería en su cama porque la encontraba atractiva.

Elvi se quedó atónita. ¿Atractiva? ¿Ella? Quizá fuera una obviedad, pero se sintió halagada hasta que su inseguridad se impuso. No, eso era imposible. Sería por sus pechos, cuyo tamaño le había causado tantos problemas en el instituto que había terminado por odiarse a sí misma. Los chicos no la dejaban en paz y, cuando su mejor amigo intentó convencerla de que era preciosa, pensó que le había mentido para que se sintiera mejor.

Fue precisamente ese amigo quien le envió un mensaje de texto al día siguiente para invitarla a comer. Al ver su mensaje, se alegró. Confiaba en Joel, y sabía que le podía contar lo de su madre y su hermano, aunque no tenía intención de mencionar la propuesta de Xan.

Quedaron en un restaurante que estaba cerca del trabajo de Elvi y, cuando ya estaban con los cafés, Joel dio una calada a su cigarrillo y preguntó:

–¿Cómo es posible que un chico tan inteligente como Daniel sea tan estúpido?

–Ser inteligente no implica que tengas sentido común –puntualizó ella, echándose hacia delante–. Por cierto, hay una rubia que no te ha quitado la vista de encima desde que llegamos. Y es preciosa.

–No cambies de tema –protestó él.

–No estaba cambiando de tema –mintió Elvi–. Pero será mejor que me vaya, o llegaré tarde al trabajo.

Ella se levantó de la mesa, y Joel la tomó de la mano para impedir que se fuera.

Al notar su contacto, Elvi se preguntó por qué se excitaba con una simple mirada de Xan y no sentía nada con Joel, un alto, moreno y atractivo hombre que, por lo demás, era un pintor de mucho éxito. De hecho, sus vidas eran tan diferentes que a veces le extrañaba que siguieran siendo amigos.

–¿No vas a mirar a la rubia?

–Lo único que quiero hacer es darte un poco de dinero. Tienes un sueldo miserable, y como Sally se ha quedado sin empleo, lo vas a necesitar.

–Gracias, pero no necesito nada.

Joel frunció el ceño.

–¿Cuándo vas a aprender a alejarte de los problemas de Sally y Daniel? Llegarías muy lejos si no tuvieras que cargar constantemente con ellos.

–Estás hablando de mi madre y de mi hermano –le recordó Elvi, tajante–. Los quiero con toda mi alma, y nadie da la espalda a sus seres queridos.

–Lo sé, pero les dedicas todas tus energías.

Elvi pensó que Joel no lo podía entender. Era de una familia mal avenida, y no había tenido la suerte de contar con personas que siempre estarían a su lado, como ella. Sencillamente, no conocía esa sensación.

–Ah, pierdo el tiempo contigo –continuó él–. Por alguna razón, desestimas lo que tantas mujeres quieren… ropa cara, fiestas, diversión, esas cosas. ¿No quieres nada para ti?

–Bueno, siempre he querido un perro –dijo ella, repitiendo una confesión que le había hecho montones de veces.

–Un perro sería una carga, y ya tienes bastantes.

Elvi se despidió de su amigo y se fue a trabajar, pero se acordó de su conversación aquella misma noche, al llegar al portal de su casa. ¿Qué importaba que un perro fuera una carga? Quería tener uno, un perro al que sacar a pasear y al que poder abrazar si se sentía sola. Y no le valían los gatos, porque tendían a ser menos cariñosos.

Como de costumbre, el ascensor del edificio estaba estropeado, y tuvo que subir andando a la décima planta; pero se lo tomó con humor, y hasta se dijo que el ejercicio le iba bien y la mantenía en forma. Sin embargo, eso no impidió que llegara jadeando. Y, en cuanto a su buen humor, se esfumó cuando vio que su madre y su hermano estaban discutiendo en la cocina.

–¿Qué pasa? –preguntó, tensa.

–¡Mira lo que he hecho! –declaró Daniel, taciturno–. Mamá no puede encontrar empleo por mi culpa, y tú no ganas lo suficiente. ¿De qué vamos a vivir? No tengo más remedio que dejar los estudios y buscar un trabajo fijo.

–No digas tonterías –replicó Elvi–. Si haces eso, el sacrificio de mamá habrá sido inútil. Se inculpó porque quiere que sigas estudiando y seas médico. Las dos lo queremos.

–Lo sé, pero la responsabilidad es mía, y ya es hora de que me comporte como un adulto. Los hombres de verdad no dan la espalda a su familia. No la dejan en la estacada para llevar una vida de estudiante.

Elvi se maldijo para sus adentros. Daniel era tan obstinado como Sally y, si se empeñaba en dejar los estudios, los dejaría. No parecía ser consciente de que esa decisión mataría a su madre, porque la idea de que su hijo fuera médico era lo único que la mantenía en pie.

Derrotada, los dejó en la cocina y se dirigió al salón, donde había dejado el bolso. Su familia se estaba descomponiendo, y solo había una forma de evitar el desastre: aceptar la propuesta de Xan Ziakis.

Abrió el bolso, sacó la tarjeta que le había dado y alcanzó el móvil para llamar al hombre que la estaba obligando a renunciar a todos sus principios. Sin embargo, no se sentía con fuerzas para hablar con él, así que le envió un mensaje de texto:

He cambiado de opinión. Quiero establecer los términos de mi esclavitud.

Al recibir el mensaje, Xan soltó una carcajada, algo que no hacía con frecuencia. Había ganado. Siempre ganaba. Pero aquella victoria le pareció mucho más dulce que la mayoría.

Rápidamente, le dio la dirección de un lujoso restaurante londinense y añadió: *Te espero a las ocho*.

Capítulo 3

ELVI miró su exiguo vestuario y sacó unos *leggings* de terciopelo negro y el festivo top que le habían regalado en Navidad. Sabía que no era lo más apropiado, pero no tenía otra cosa que ponerse.

–¿Adónde vas? –preguntó Sally, tan sorprendida con su ropa como con el hecho de que se hubiera maquillado.

–A cenar –respondió–. Tengo una cita.

–¿Una cita? –replicó su madre, sin salir de su asombro.

Elvi se inventó una historia a toda prisa. Evidentemente, no le podía decir la verdad.

–Ya es hora de que empiece a vivir la vida, ¿no? Tengo veintidós años y no salgo nunca con nadie. Además, he quedado con un hombre guapo y rico.

–Ah –dijo Sally, confundida–. Pues me parece muy bien. Solo lo he preguntado por curiosidad.

–No sé si volveré esta noche.

Elvi se ruborizó, y su madre abrió la boca como si quisiera decir algo. Pero debió de pensar que su hija era una mujer adulta y perfectamente capaz de tomar sus propias decisiones, porque se calló.

Sin embargo, Elvi no se sintió adulta cuando

entró en el elegante restaurante, consciente de que su aspecto era demasiado atrevido para el lugar. El camarero la miró con desprecio, y solo cambió de actitud cuando preguntó por la mesa del señor Ziakis. Desde ese momento, todo fue cortesía y respeto.

Xan se levantó al verla. Desde su punto de vista, iba muy mal vestida, pero cambió de opinión en el momento en que ella se inclinó para sentarse y le ofreció una vista perfecta de sus redondas nalgas. Se acababa de convertir en un fan de los *leggings*.

Perplejo, se preguntó cómo era posible que hubiera llegado a los treinta años de edad sin darse cuenta de que las mujeres exuberantes le gustaban más que las delgadas. ¿O solo le gustaba Elvi? Y, si solo se trataba de ella, ¿por qué la encontraba tan arrebatadora? ¿Sería por su larga y preciosa melena?

–¿Qué te apetece beber? –dijo, tomando asiento.

–Agua, por favor.

A Xan no le molestó que quisiera algo tan insípido; en parte, porque había conocido a mujeres que perdían la cabeza cuando bebían en exceso y en parte, porque se acordaba de que su madre era alcohólica. Además, estaba incómodo con las sensaciones que le despertaba. El escote de su top mostraba unos senos tan apetecibles que le habían causado una erección inmediata, como si fuera un adolescente hambriento.

Tras pedir agua para ella y vino para él, hizo lo propio con la comida, porque tenía la costumbre de elegir el menú cuando estaba con alguien. Pero a

Elvi no le extrañó. Lo consideraba un obseso del control, y supuso que, si su obsesión llegaba hasta el extremo de elegir los platos de sus invitados, sería un dictador en la cama.

Ahora bien, ¿qué sabía ella de esas cosas? No tenía experiencia con los hombres. Quizá fuera normal que un hombre rico se comportara de esa forma; sobre todo, con mujeres de clase más baja, que serían simples juguetes para ellos.

–¿Cuánto durará nuestro acuerdo? –lo interrogó, insegura.

–Tres meses.

Xan se sorprendió a sí mismo, porque nunca había ofrecido más de dos meses a una posible amante. Sin embargo, desestimó el asunto y se dijo que el plazo carecía de importancia, porque cabía la posibilidad de que se cansara de ella durante el primer mes y la echara. Le había pasado un par de veces.

–¿Y cuántas veces tendré que... verte? –dijo Elvi, bajando la mirada.

–Ningún hombre sano podría contestar a esa pregunta por adelantado –replicó Xan con humor.

Él habría dado cualquier cosa por saber con cuántos hombres se había acostado Elvi. Se imaginaba que serían muchos, porque era lo típico a su edad; pero ni siquiera estaba seguro de que fuera tan típico. A fin de cuentas, no había disfrutado de ese tipo de libertades durante su juventud; en parte, por no seguir los pasos de su padre, un mujeriego compulsivo y, en parte, porque no le atraía la idea de acostarse indiscriminadamente con desconocidas.

La respuesta de Xan aumentó el rubor de Elvi, quien ya estaba bastante incómoda con el endurecimiento de sus pezones y el calor que subía de su pelvis. Eran sensaciones poco familiares para ella, un eco de lo que había experimentado meses antes, cuando se cruzó con él. Y le desagradaba la intensa vulnerabilidad que llevaban asociadas.

–Tendrás un piso y un vestuario nuevo. Necesitas ropa –afirmó Xan.

Elvi tragó saliva al oír lo del piso, aunque pensó que era lo más apropiado. No podían ser amantes en la casa de su madre.

–¿Por qué la necesito?

–Porque tendrás que venir conmigo a los actos sociales. Serás mi acompañante.

Elvi se llevó una sorpresa. Suponía que el suyo sería un papel discreto, y que Xan la querría tener oculta en algún lugar. Pero, al parecer, se había equivocado.

–No sé si sabré estar a la altura –le advirtió–. Tu mundo es muy exclusivo.

–Solo te llevaré del brazo. Y el peso de la conversación lo asumiré yo, así que no tendrás que hablar.

–Vaya, ni puedo hablar ni pedir la comida que quiero –protestó ella, mirando su plato sin tocar–. Si hubieras tenido la deferencia de preguntarme, te habría dicho que no me gusta el pescado.

–Pues es muy sano.

–No lo dudo, pero ni tú eres mi médico ni necesito tus opiniones en materia de gastronomía –declaró Elvi–. Odio el pescado.

Él se encogió de hombros.

–Pide otra cosa.

–No, da igual, no tengo hambre –dijo ella con sinceridad–. Solo he venido para discutir las condiciones de nuestro acuerdo.

–De esclavitud, según has dicho –le recordó Xan–. Me gusta cómo suena. Tiene un toque medieval, ¿no te parece?

Elvi guardó silencio. Él se llevó una mano al bolsillo y sacó una llave y una tarjeta, que dejó en la mesa.

–Esta es la dirección y la llave del piso. ¿Necesitas ayuda para mudarte?

–No, no necesito ayuda. Tengo muy pocas cosas –respondió ella–. ¿Cuándo retirarás los cargos contra mi madre?

–Cuando te mudes. No haré nada hasta entonces, porque existe la posibilidad de que cambies de opinión.

Elvi se puso tensa.

–¿Y si te doy mi palabra de que no voy a cambiar de opinión?

Xan sonrió con frialdad.

–No me fiaría. Las mujeres son imprevisibles.

–Tan imprevisibles como los hombres –puntualizó ella, guardándose la tarjeta y la llave–. Me mudaré mañana mismo, pero aún queda el asunto de mi trabajo.

–Déjalo. Quiero que estés disponible a cualquier hora del día o de la noche.

–No puedo dejarlo así como así. Tengo que avisar a mi jefa.

–Claro que puedes. A partir de este momento, eres responsabilidad mía.

Ella se quedó helada.

–No me gusta la idea de depender de otras personas, Xan. Nunca me ha gustado.

–Pues tendrás que acostumbrarte, porque seré el centro de tu vida durante la duración de nuestro acuerdo. Pero no te preocupes por nada. Si cumples tu parte, yo cumpliré la mía. Te trataré como a una princesa.

A Elvi le pareció una comparación adecuada, porque muchas princesas del pasado se acostaban con desconocidos para ser reinas. Solo había una diferencia: que se casaban. Y se alegró de no tener que casarse con él, porque habría sido mucho peor. Se habría convertido en su propiedad, en un vulgar objeto. Habría dejado de ser persona.

–Cometes un error conmigo, Xan. No creo ser la amante que necesitas.

–Si no lo eres, será porque has estado con los hombres equivocados –dijo él, sonriendo de nuevo–. Pero eso tiene remedio.

Elvi se metió en su cama en silencio, para no despertar a su madre. Ni siquiera había encendido la luz.

–¿Elvi? –susurró Sally, demostrando la inutilidad de sus esfuerzos–. ¿Te has divertido?

Elvi dudó un momento antes de responder.

–Sí, me he divertido mucho –mintió–. Ah, ¿sabes una cosa? He estado sopesando la idea de mudarme a otro sitio, y…

–¿A otro sitio? –la interrumpió su madre, sorprendida con su anuncio.

–Sí, con una compañera de piso.

–¿Es alguien que conozco?

–No, es una amiga de Joel. Pero, si quiero mudarme, tiene que ser mañana –contestó Elvi–. Siento avisarte con tan poco tiempo.

–No te disculpes. Tienes veintidós años, y es normal que quieras tener tu espacio. Yo lo tuve a tu edad. La gente necesita libertad, independencia –dijo Sally, algo triste–. Además, has estado cuidando de nosotros durante todos estos años, y no sabes cuánto te lo agradezco. Te echaré de menos, pero no intentaré que cambies de opinión.

Aliviada, Elvi se tumbó y cerró los ojos hasta que oyó un sonido inconfundible. Su madre estaba sollozando, así que se levantó de su cama, se sentó en la de ella y la abrazó con todo el cariño del que era capaz.

–Te quiero, mamá –dijo.

Su madre asintió.

–Estamos pasando una mala racha, pero las cosas se arreglarán –afirmó Sally–. Encontraré trabajo, Daniel irá a la universidad y todo volverá a la normalidad. Solo tenemos que ser pacientes y fuertes.

A la mañana siguiente, Daniel acompañó a Elvi a la estación de metro.

–Te vas a vivir con un hombre, ¿verdad? –preguntó súbitamente.

Elvi se ruborizó, y él soltó una carcajada.

–Lo sabía –continuó–. A mamá le preocupa que algún canalla se aproveche de ti.

–No soy estúpida. Sé cuidar de mí misma –se defendió Elvi, que no quería entrar en detalles.

–Lo sé, aunque tu decisión ha sido bastante repentina –dijo él, pasándole la solitaria maleta que contenía las pertenencias de Elvi–. Cuídate, hermana. Y ven a vernos cuando yo no esté trabajando, por favor.

Elvi entró en el metro con lágrimas en los ojos, y se tuvo que recordar que estaba haciendo lo mejor para su familia. Xan retiraría los cargos, y su madre y su hermano podrían seguir con sus vidas como si no hubiera pasado nada. Definitivamente, su sacrificio merecía la pena. Y, en cuanto a su sentimiento de vergüenza, estaba segura de que desaparecería con el tiempo.

El piso resultó ser más grande y más elegante de lo que se había imaginado. Cuando entró, se quitó los zapatos y se puso a deambular por las habitaciones, contemplando los opulentos suelos de mármol, los cuadros de las paredes y los sofás de cuero del salón. Luego, salió a la terraza y admiró las vistas del Támesis antes de pasar a la cocina, que estaba naturalmente equipada con todo lo necesario.

Dejó el dormitorio para el final, y se quedó maravillada con los dos cuartos de baño y con el gigantesco vestidor, que parecía pensado para una obsesa de la ropa. Había cajones y colgadores a diestro y siniestro, además de un montón de espejos.

Ya se disponía a deshacer el equipaje cuando alguien llamó a la puerta. Era una mujer esbelta, que la saludó y entró en el piso con varias bolsas.

–Me llamo Sylvia –dijo–. El señor Ziakis me ha pedido que le elija un vestido para esta noche.

Elvi frunció el ceño. Su vida de esclava acababa de empezar, y Xan ni siquiera se había tomado la molestia de decirle que iban a salir. ¿Hasta dónde sería capaz de llegar? ¿Habría instalado cámaras para vigilarla?

–Obviamente, no le quedará bien si no le tomo antes las medidas –continuó Sylvia, sacando un metro–. ¿Podemos pasar al dormitorio? Me sentiré más cómoda si se prueba los vestidos que he traído.

Elvi pensó que ella no se sentiría nada cómoda, teniendo en cuenta que tendría que desnudarse delante de una desconocida, pero apretó los labios, la acompañó al dormitorio y miró la lencería y la media docena de vestidos que Sylvia le había llevado. Curiosamente, todos eran del mismo color.

–¿No tiene ninguno que no sea azul?

Sylvia sacudió la cabeza.

–No. El señor Ziakis ha sido tajante al respecto –respondió–. Le gusta el azul. Por lo menos, en lo tocante a usted.

–¿En lo tocante a mí? ¿Insinúa que ha traído ropa a más mujeres?

–No puedo hablar de eso, señorita. Los servicios de mi empresa son de carácter estrictamente confidencial –le informó.

Elvi no se lo podía creer. Por lo visto, Xander Ziakis llevaba a un piso a todas sus amantes y las vestía con el color y el estilo que le gustaran. ¿Cuántas mujeres habrían pasado por esa situación? Supuso que muchas, y se dijo que no estaba bromeando cuando dijo que era más físico que cerebral.

Un segundo después, se giró hacia la enorme cama de matrimonio, que había evitado hasta entonces porque no quería pensar en las relaciones sexuales. Al fin y al cabo, no habría servido de nada. Podía darle tantas vueltas como quisiera, pero tendría que acostarse con Xan de todas formas.

Resignada, eligió lencería de su talla y se metió en el cuarto de baño con los seis vestidos. Eligió el que mejor le quedaba y el que ocultaba más, porque nunca había estado cómoda con su escote. Además, todos enseñaban brazos y piernas de sobra; por lo menos, desde su punto de vista. Y, cuando terminó, tuvo que aprender a caminar con zapatos de tacón de aguja, a los que no estaba acostumbrada.

Elvi pensó que aquello no tenía sentido. Xan se había gastado miles de libras esterlinas, y ni siquiera sabía por qué. Era una joven corriente, sin demasiado estilo; una simple dependienta que se había visto obligada a renunciar a su trabajo. ¿Qué veía en ella? ¿Qué encontraba tan deseable?

La respuesta era evidente, como tuvo ocasión de comprobar cuando se miró al espejo: su cuerpo.

Xan no la conocía. Ni sabía cómo era ni le importaba. Solo quería que fuera su amante en un lujoso piso con un vestidor gigantesco que, según Sylvia, no tardaría en llenar de prendas preciosas. Sin embargo, Elvi no era como sus amantes anteriores, que estaban encantadas de ofrecer su cuerpo a un hombre rico a cambio de sus regalos. Y, aunque se hubiera prestado a ello, se sentía mal en esa situación.

En cambio, a él le pasaba todo lo contrario. Estaba tan ansioso de verla que salió del despacho antes de tiempo, algo casi inaudito. Su deseo de acostarse con Elvi era verdaderamente abrumador. No lo podía controlar. Pero no le dio importancia, porque le pareció normal que un hombre heterosexual se entusiasmara ante la perspectiva de hacer el amor con una mujer fresca, nueva, distinta.

Durante el trayecto al piso, le envió un mensaje de texto para informarle de que pasaba a buscarla. Y Elvi se quedó desconcertada cuando llamaron a la puerta poco antes de las ocho y se encontró ante Dmitri, que dijo, mirándola con desaprobación:

–¿Preparada?

Elvi asintió y se guardó la llave en uno de los elegantes bolsos que Sylvia le había llevado, a juego con sus carísimos zapatos.

–¿En qué consiste su trabajo? –le preguntó a Dmitri.

–Soy el jefe de seguridad del señor Ziakis. ¿Sabe su madre lo que está haciendo?

–Por supuesto que no –respondió ella–. Ni lo sabe ni quiero que lo sepa.

Dmitri respiró hondo y la acompañó al ascensor sin decir nada, aunque tampoco fue necesario. Por su actitud, Elvi tuvo la absoluta e incómoda seguridad de que sabía que era la nueva amante de Xan.

Al salir del ascensor, se dirigieron a la limusina que esperaba en la calle. Xan estaba dentro, y frunció el ceño al verla más tensa y ruborizada que nunca.

–¿Qué ocurre? –dijo.

–Nada –contestó Elvi.

–No me gusta que la gente me mienta.

–Está bien. ¿Quieres saber lo que me pasa? ¡Pasa que me siento una prostituta! –bramó ella, perdiendo el aplomo–. ¡Vivo en tu piso! ¡Llevo la ropa que tú has pagado!

Xan se quedó atónito. Era la primera vez que una de sus amantes protestaba por eso. Por lo visto, Elvi era una mujer de férreos principios morales.

–Tú no eres una prostituta –replicó, intentando tranquilizarla–. Esto es un simple intercambio, nada más.

–¿Has retirado los cargos?

–Naturalmente –respondió él.

Xan pensó que se alegraría, pero solo obtuvo una mirada de desconfianza. Elvi conocía a su madre, y le extrañaba que no la hubiera llamado para darle la noticia. Sally no era de las que se callaban esas cosas.

–Te he traído unas joyas –continuó Xan.

–No las quiero.

–Pues te las pondrás de todos modos, porque forman parte de tu papel –declaró él, sacando una cajita–. Te estás portando como una niña, y no es lo que quiero de ti.

Elvi volvió a guardar silencio. Le gustara o no, había llegado a un acuerdo con él. Había aceptado sus términos, y no tenía sentido que discutieran; así que apretó los dientes y abrió la cajita. Contenía unos pendientes y un collar de diamantes que brillaron en el oscuro interior de la limusina.

–Permíteme –dijo Xan.

Elvi se apartó el cabello, y sintió una descarga de calor cuando Xan se inclinó para ponerle el collar. Estaba tan cerca que la abrumaba. Su fresco e intenso aroma, profundamente masculino, tenía el efecto de un afrodisíaco. Era algo único, que le hizo pensar en bosques y grandes espacios abiertos; algo tan inquietante que se apartó en cuanto pudo y se puso ella misma los pendientes.

–¿Por qué estás nerviosa? –preguntó Xan, notando su turbación–. Aún no nos hemos acostado.

–Porque esta situación es nueva para mí.

–No es una situación. Es una relación tan válida como cualquiera.

Xan se sorprendió de sus propias palabras. ¿Por qué había dicho que era una relación, si era un simple intercambio sexual?

Tras reprenderse a sí mismo por utilizar un lenguaje que podía aumentar la confusión de Elvi, se dijo que solo estaba intentando tranquilizarla. Al fin y al cabo, no se parecía nada a las demás. No estaba acostumbrada a ese tipo de acuerdos y, aunque él fuera un hombre justo, que siempre trataba bien a sus amantes, era lógico que se sintiera incómoda.

Sin embargo, eso no explicaba su propia incomodidad, que se hizo más flagrante cuando Elvi clavó en él sus grandes ojos azules y lo miró con una mezcla de ansiedad e inocencia, como si le creyera un monstruo que la iba a azotar en cualquier momento.

¿A qué venía eso? Ninguna mujer experta habría tenido unos temores tan infantiles.

Xan entrecerró los ojos, considerando la posibilidad de que fuera virgen; pero desestimó la idea al pensar en la mirada que le había dedicado cuando se cruzaron por primera vez. Era evidente que se quería acostar con él. Tenía demasiada experiencia con las mujeres como para equivocarse al respecto. Y ahora, cuando por fin iba a tener lo que quería, cuando por fin iba a satisfacer su deseo, se echaba atrás.

¿Por qué era tan irracional? ¿Y desde cuándo le importaba a él que una mujer lo fuera? Frustrado, pensó que estaba perdiendo el tiempo con especulaciones absurdas y las apartó de su pensamiento.

Minutos después, entraron en una casa del centro de Londres donde se celebraba una fiesta de lo más exclusiva. Todos iban bien vestidos, y todos trataron a Xan como si fuera una especie de dios. Pero a ella la ignoraron descaradamente; quizá, porque Xan tenía la costumbre de acudir a ese tipo de actos en compañía de sus amantes.

–¿Quién es esa? –susurró una mujer a otra en determinado momento.

–No lo sé, pero no se parece a las anteriores –replicó la segunda.

–Pues me encanta su pelo. Aunque se habrá teñido, claro.

Elvi estuvo tentada de girarse hacia ellas y decirles algo desagradable, pero se resistió al impulso y siguió escuchando las aburridas conversaciones financieras de los conocidos de Xan mientras él la mantenía agarrada del brazo, como si tuviera miedo de que intentara escapar.

Y sus temores no eran completamente infundados, porque Elvi se sentía cada vez más incómoda con lo que iba a pasar al final de la velada. De hecho, comprobó su teléfono en repetidas ocasiones y envió un par de mensajes de texto su madre para asegurarse de que Xan había retirado los cargos contra ella. Ni siquiera estaba segura de que hubiera cumplido su palabra. No sabía si podía confiar en él.

–Ha sido una fiesta insoportable –declaró él cuando volvieron a la limusina–. Odio que la gente me interrogue y me pida consejos gratis.

–Será el precio del éxito –observó ella.

Xan pensó que tenía razón, y que Elvi era una de las ventajas de dicho éxito. Si no hubiera sido un hombre poderoso, no habría podido atraparla; pero lo era, y no se arrepentía de haberla atrapado. La belleza de su cara y la lascivia de sus maravillosas curvas lo estaban volviendo loco. Incluso había estado a punto de faltar a la fiesta y quedarse en casa para gozar de ella inmediatamente.

A decir verdad, solo se había refrenado porque necesitaba convencerse de que seguía controlando la situación. Y no la controlaba. Pero, por suerte para él, no tendría que esperar mucho más tiempo.

Mientras Xan se imaginaba lo que iba a hacerle aquella noche, Elvi hacía esfuerzos por mantener el aplomo. No era inmune a su forma de mirarla. Sus ojos se clavaban en ella con el destello hambriento de un tigre que estuviera contemplando a su víctima. Estaba tensa. Sentía un calor abrumador. Sus senos parecían más pesados y el espacio entre sus piernas, más vacío y anhelante que nunca.

Consciente de su propio deseo, se dijo que debía estarle agradecida. A fin de cuentas, ¿qué habría pasado si no le hubiera ofrecido ese acuerdo? ¿Cómo habría podido convencerlo de que retirara los cargos? Pero ahora tenía un buen problema, porque no podían hacer el amor aquella noche.

Nerviosa, sacó fuerzas de flaqueza y declaró:

–Tengo que decirte algo.

–Pues dilo –replicó él con impaciencia.

–No nos podemos acostar. No esta noche –declaró, ruborizada.

Xan gimió.

–¿Por qué no me lo has dicho antes?

–Porque… no sé, es difícil de decir…

Un segundo después, llegaron a su destino. Xan la sacó de la limusina, la arrastró casi literalmente al ascensor y, cuando ya estaban en el piso, dijo:

–¿Por qué no has comprado píldoras o algo así? Si lo hubiera sabido, te habría enviado al ginecólogo.

Xan se apoyó en la puerta de la entrada, dominado por el peor sentimiento de frustración que había experimentado en toda su vida. Y ella se ruborizó un poco más, porque no estaba acostumbrada a hablar de sus ciclos menstruales con un hombre.

–No, me has malinterpretado. No se trata de eso.

–Maldita sea, me estás volviendo loco, *koukla*

mu… –protestó él, acariciándole la cara–. ¿De qué se trata entonces?

Xan no esperó su respuesta. Cayó en el hechizo de su boca y, tras morderle suavemente el labio inferior, soltó un gemido y la besó.

La urgencia devastadora de su beso provocó un terremoto de deseo en Elvi. No había pensado que fuera capaz de sentir esas cosas. No lo había soñado. No lo había ni imaginado. Pero las sentía, y esa hambre que surgía de su cuerpo borró todo rastro de pensamiento racional.

La energía de los labios de Xan derribaba sus defensas y la conectaba a ella de un modo que Elvi tampoco había vivido antes. De repente, no era más que el instinto de entregarse a él y de tomarlo. Y se quedó tan asombrada con la experiencia que su razón se despertó lo suficiente como para recordarle lo que tenía que hacer, lo que tenía que decir.

Con un esfuerzo sobrehumano, se apartó de los poderosos brazos de Xan y de su evidente erección, que demostraba por sí misma su deseo y el hecho de que estaba preparado para mucho más. Fue un momento tan difícil como contradictorio para ella. Por un lado, sintió vergüenza; por otro, se arrepintió de no seguir adelante.

–Lo siento –dijo, dando un paso atrás–. No puedo. Todavía no.

Él la miró con incredulidad.

–Pero si has dicho que…

–No me has dado la oportunidad de explicarme –lo interrumpió–. No puedo acostarme contigo porque mi madre no me ha dicho que hayas retirado los cargos. Y no pasará nada entre nosotros, nada en absoluto, hasta que tenga la confirmación.

Xan se pasó una mano por el pelo, más desconcertado que nunca.

–¿Estás bromeando?

–No, solo te estoy devolviendo el favor que tú me hiciste –respondió Elvi sin el menor trasfondo de rencor–. Dijiste que no retirarías los cargos hasta que me mudara a tu piso, cosa que he hecho. Y yo te estoy diciendo que no seré tuya hasta que no tenga la absoluta seguridad de que has retirado los cargos.

–¡Esto es indignante! ¡Ya los he retirado! –estalló él–. Yo cumplo mis promesas, y no tengo la culpa de que la policía no haya informado a tu madre.

–No es culpa de nadie –declaró ella, intentando aplacar su ira–. Pero las cosas son como son, y no tengo más remedio que rechazarte esta noche. Es la única salvaguardia que me concede nuestro acuerdo.

Xan estaba tan furioso que se alejó de Elvi y respiró hondo para recuperar su aplomo perdido. Ardía en deseos de agarrarla, tumbarla en la cama y hacerle el amor hasta que entendiera que nadie podía jugar con él. ¿La única salvaguardia? ¿Cómo podía ser tan absurda? ¿Creía que iba a romper su palabra después de haberla llevado a su piso y de regalarle joyas que valían una pequeña fortuna?

¿O lo estaba haciendo por desquitarse, por haberla forzado a dejar su trabajo y mudarse inmediatamente? Eso habría sido más lógico y, desde luego, más acorde a las sibilinas trampas de sus amantes anteriores, que siempre había odiado. Mentían y se inventaban historias con tal de sacarle más dinero. Eran como una de sus madrastras, que había intentado seducirlo para vengarse de las infidelidades de su padre.

Pero, por muy indignado que estuviera, no se podía comportar como un hombre de las cavernas, así que guardó silencio.

–Lo siento –se volvió a disculpar ella–. Tendría que habértelo dicho cuando nos subimos al coche, pero no encontraba la forma. No estoy acostumbrada a hablar de sexo con un desconocido. Sería más fácil para mí si tuviera la posibilidad de tratarte un poco, pero supongo que no lo entenderás.

Xan apretó los puños.

–Prefiero no conocer a las mujeres con las que me acuesto. No es mi estilo –admitió a regañadientes, forzado por la aparente inocencia de sus palabras–. Pero, ya que nos estamos sincerando, hay una pregunta que debería haberte formulado en mi oficina… ¿Eres una mojigata? Porque hablas como si lo fueras. Y, si lo eres, no te quiero a mi lado.

Elvi, que se había quedado pálida, se mordió el labio inferior para no decir la verdad: que no era una mojigata, sino una mujer virgen. Al fin y al cabo, no sabía cómo iba a reaccionar. Era capaz de romper su acuerdo y acusar de nuevo a su madre, aunque ni siquiera estaba segura de que pudiera denunciarla otra vez tras haber retirado la primera denuncia.

Mientras intentaba encontrar la forma de arreglar las cosas, Xan dio media vuelta y salió del piso. Su razón le decía que la olvidara y que se alejara de ella antes de que la situación se complicara más. La deseaba con toda su alma, pero no necesitaba ser muy listo para saber que aquello podía terminar en desastre.

Al llegar al vestíbulo, pasó ante sus sorprendidos guardaespaldas, que no esperaban que saliera tan pronto, y se subió a la limusina, ansioso por poner tierra de por medio. Elvi Cartwright había logrado lo que nadie hasta entonces: sacarlo completamente de sus casillas, lo cual era desconcertante.

¿O no lo era tanto? A fin de cuentas, estaba tan frustrado que entraba dentro de lo normal. Lo que tenía que ser una noche de amor iba a terminar en una ducha fría y, por si eso fuera poco, empezaba a sospechar que Elvi era una puritana de experiencia sexual nula o limitada a una larga y triste relación amorosa con el mismo hombre.

¿Por qué demonios quería conocerlo mejor? Cualquiera diría que se había escapado de la época victoriana. Pero, en cualquier caso, él no le había ofrecido que fuera su amante para conocerla mejor. Ni mucho menos.

Elvi se metió en la enorme cama, aún estremecida por la discusión y el beso. El contacto de los labios de Xan la había abrumado hasta el extremo de hacerle perder el control de su propio cuerpo. Desde luego, había recuperado el aplomo y había dicho lo que tenía que decir, pero Xan se había enfadado mucho. Y era normal que se enfadara, porque tendría que habérselo dicho al principio, no al final.

Además, Xan Ziakis no estaba acostumbrado a que lo rechazaran. Era arrogante y egoísta, un obseso del sexo que pretendía acostarse inmediatamente con ella. Y ella, que quizá encajaba en la definición de mojigata, se lo había quitado de encima con bastante torpeza. Pero ¿qué podía hacer? La idea de hacer el amor con un desconocido le daba miedo. Ni siquiera se veía quitándose la ropa delante de él.

Angustiada, se preguntó por qué había pensado que podía ser su amante, que sería capaz de darle lo que quería.

Sin embargo, eso no era tan inquietante como el hecho de que se sentía decepcionada con su actitud. En el fondo, deseaba que Xan la persuadiera y la sedujera. Pero no había intentado persuadirla. Le había dicho que no la quería a su lado y se había ido. La había rechazado porque ella lo había rechazado a él.

¿Qué iba a pasar ahora? ¿Habrían terminado antes de empezar?

Capítulo 4

SALLY Cartwright llamó a su hija a media mañana del día siguiente.

–¿Sabes lo que ha pasado? –dijo, entusiasmada–. ¡Ziakis ha retirado los cargos! La policía no me ha dado explicaciones, pero ya no tienen nada contra mí.

–¡Qué maravilla! –replicó Elvi, sinceramente aliviada.

Xan había cumplido su palabra, así que alcanzó el móvil y le envió un mensaje de texto para darle las gracias y pedirle disculpas por haber desconfiado de él, aunque él también había desconfiado de ella. Pero no sabía lo que esperaba conseguir con ese mensaje. ¿Que olvidara su acuerdo y la permitiera volver a casa? ¿O que la forzara a cumplir con lo pactado?

Xan aún estaba de mal humor cuando lo leyó. Le había proporcionado un apartamento carísimo, la había cubierto de diamantes y le había comprado un vestidor digno de una reina. Era lógico que esperara algo a cambio. Y, en lugar de dárselo, lo había rechazado.

No había duda de que se había equivocado con ella; pero, en lugar de asumir el error, decidió disfrutar de él. La deseaba tanto que se había pasado la noche en vela, imaginándose su glorioso cuerpo. Hasta habría sido capaz de dejar el trabajo y salir del despacho en pleno día con tal de verla. Elvi se le había metido en la cabeza, y sus pensamientos empezaban a ser inquietantemente insidiosos.

Tras responder a su mensaje y decirle que se verían aquella noche, intentó concentrarse en la reunión que mantenía. Pero no se podía concentrar; no podía hacer nada salvo imaginarse su cuerpo desnudo o la expresión que tendría al llegar al orgasmo. Era desesperante. Su obsesión con ella lo estaba volviendo indisciplinado, caótico y excesivo, defectos de los que intentaba huir a toda costa.

A pesar de ello, se levantó en mitad de la reunión y se fue, convencido de haber encontrado la clave de su liberación: acostarse con Elvi. Pero solo una vez. La última vez, como decía su madre cuando se atiborraba de chocolate. Y luego, cuando ya hubiera satisfecho su deseo, pasaría página y volvería a ser el de siempre.

Xan sacó su teléfono y le envió un segundo mensaje, informándole de que estaría en el piso a la hora de comer, lo cual causó un ataque de pánico a la pobre Elvi. ¿Qué esperaba que hiciera? ¿Prepararle una comida? ¿O lo de la comida era un eufemismo de algo tan diferente como el sexo? Y, si se quería acostar con ella, ¿qué se debía poner? ¿Alguna de las sensuales y atrevidas prendas de lencería que le había regalado?

Elvi se miró en un espejo y se pellizcó las mejillas, porque estaba pálida. No quería ser una mojigata. Ni siquiera creía serlo, aunque quizá lo fuera en comparación con él, que parecía un hombre tan seguro como libre de inhibiciones. E irónicamente, lo envidiaba por eso.

Cuando Xan llegó al piso, no tenía la menor idea de lo que se iba a encontrar. Por supuesto, no esperaba una comida, pero tampoco esperaba el increíble desorden que imperaba en el salón: madejas de lana en el sofá, agujas de tejer en la alfombra, libros por todas partes y un montón de objetos variopintos en la mesita de café. Aquello era un atentado contra todas sus convicciones estéticas.

Atónito, clavó la vista en sus ansiosos ojos azules y la miró de arriba abajo sin poderse creer lo que veía. Le había regalado un vestidor entero, lleno de prendas preciosas. ¿Y qué se ponía para recibirlo? Unas botas camperas, una falda vieja y un top desgastado.

–No sabía si tendrías hambre –declaró ella, apartando la mirada.

Elvi no podía estar más incómoda. Por mucho que le molestara su actitud, Xan era una fantasía hecha realidad, una promesa devastadoramente erótica de cabello negro y rasgos perfectos ataviada con un traje gris, una camisa blanca y una corbata roja.

–Solo tengo una hora –replicó él, sorprendido por la comida que Elvi había preparado.

–Ah.

–Bueno, tampoco tengo hambre –añadió Xan–. Salvo de ti.

Xan estuvo a punto de darle una lista de obligaciones, empezando por ordenar la casa y continuando por abstenerse de prepararle la comida y ponerse, en cambio, los vestidos que le había comprado; pero, cuando vio sus voluptuosos labios rosas, la tomó entre sus brazos y la besó apasionadamente.

Elvi se dejó llevar, encantada. Su pánico inicial se había transformado en placer y en un intenso sentimiento de anticipación. Empezaba a admitir que ella también lo deseaba y que su deseo no tenía nada de malo. De hecho, fue todo un alivio, porque las cosas que sentía se llevaron por delante sus dudas y preocupaciones.

Cuando llegaron al dormitorio, Xan estaba tan excitado que hizo caso omiso del montón de ropa que Elvi había dejado en una silla. Sus labios sabían a fresa, y las caricias de su lengua le volvían loco. Quería sentir su boca en todas partes. Se imaginaba su boca en todas partes. Pero la potencia de esas imágenes dañaba su ya escaso control, así que la sentó en la cama y dijo, recordándose que solo se iban a acostar una vez:

–Necesito darme una ducha. Ven conmigo.

Elvi se estremeció. No se sentía capaz de desnudarse y ducharse con él.

–Prefiero esperar aquí –replicó.

Xan se quedó perplejo, porque estaba acostumbrado a que sus amantes hicieran lo que él quería, pero se fue al cuarto de baño sin rechistar.

En cuanto él cerró la puerta, ella se levantó, bajó la persiana a toda prisa, se quitó la ropa y se metió en la cama, esperando a que volviera. En ese momento, le habría gustado ser menos tímida. No se consideraba una mojigata, pero era dolorosamente consciente de su falta de experiencia y de su falta de confianza en su propio cuerpo.

El problema venía de lejos. Había empezado en el instituto, donde se sentía gorda y casi zafia en comparación con sus amigas, todas de piernas largas y figura esbelta. No se sentía bien con su exuberancia. Y estaba convencida de que Xan se llevaría una decepción cuando la viera desnuda.

Pero ¿qué importancia tenía eso? Lo suyo no era una relación amorosa, sino un acuerdo, un intercambio de favores. Además, daba por sentado que un mujeriego como él sabría qué hacer en la cama, lo cual equilibraría su inexperiencia. Y, por otra parte, tampoco podía decir que sus expectativas fueran altas: Xan podía ser asombrosamente atractivo, pero no se creía capaz de sentir gran cosa con un desconocido que la intimidaba.

La puerta se abrió al cabo de unos minutos, dando paso a un desnudo y excitado Xan, cuyo moreno y musculoso cuerpo la dejó tan boquiabierta como su notoria erección. Definitivamente, él no era tímido. Pero se quedó sorprendido al ver que había bajado la persiana, y se giró hacia el interruptor para encender la luz.

–Me siento más cómoda a oscuras –dijo ella.

–Yo, no –declaró él con una sonrisa–. No he dormido en toda la noche, ¿sabes? No dejaba de pensar en ti.

–¿En serio?

–En serio.

Xan se inclinó sobre la cama y apartó la sábana con la que Elvi intentaba ocultarse.

–*Thee mu*… Tus senos son preciosos.

Elvi tragó saliva y cerró los ojos, desconcertada ante el hecho de que la encontrara deseable. Pero su desconcierto desapareció cuando él se tumbó a su lado y asaltó su boca, excitándola al instante. ¿Qué hechizo era ese, que avivaba su hambre con tanta facilidad? ¿Qué había en sus labios que tanto le gustaba?

Un beso solo era un beso, pensó. Y pensó mal, porque la pasión de Xan y el indagante y voraz atrevimiento de su lengua desató en su cuerpo una reacción en cadena que la llevó a arquear las caderas sin poder evitarlo.

El corazón ya se le había desbocado cuando él le acarició los pechos y le empezó a lamer y succionar los pezones, asombrosamente receptivos a su atención. Elvi estaba asombrada con la sensibilidad de su propio cuerpo. El calor que surgía de su pelvis se había vuelto insoportable y su necesidad de tenerlo entre las piernas, abrumadora.

Entonces, Xan le separó los muslos y la tocó por fin donde más ansiaba, arrancándole un estremecimiento y empujándola a una especie de nube donde todo era brumoso. Había perdido el control, y no había más mundo para ella que los expertos dedos de su amante, empeñados en explorar su húmedo sexo.

Elvi entreabrió los labios y gimió una y otra vez. Quería más, mucho más, pero estaba tan fuera de sí que no supo lo que eso implicaba hasta que Xan besó de nuevo sus labios, llevó las manos a sus caderas y, tras levantarla un poco, la penetró.

El dolor fue tan intenso que su excitación desapareció al instante. Los ojos se le llenaron de lágrimas, y los cerró con fuerza para que él no lo notara. ¿Cómo era posible que se sintiera así? Aquello estaba más cerca del castigo que del placer. Pero, afortunadamente, el dolor dio paso a una tensión bien distinta, cargada de sensaciones maravillosas.

Xan la volvió a besar y se empezó a mover, aumentando el ritmo de sus acometidas. Elvi había recuperado su conexión con él, y estaba cautivada con los pequeños temblores de su pelvis y con el casi místico júbilo que parecía surgir de todas sus terminaciones nerviosas al mismo tiempo. Nunca había sido más consciente de nada. Su existencia se reducía a la hambrienta y electrizante invasión de aquel cuerpo duro y suave.

El orgasmo la pilló por sorpresa, arrastrándola a las alturas entre jadeos y bajándola lentamente entre ecos del placer que acababa de sentir.

Xan salió de su cuerpo momentos después, convencido de haber tenido la mejor experiencia sexual de su vida y alarmado con su intensidad. Había perdido el control por completo. Se había dejado llevar sin darse cuenta de lo que hacía. Y, por si eso fuera poco inquietante, descubrió dos cosas que lo dejaron helado: que no se había puesto preservativo y que la sábana estaba llena de sangre.

–Estás sangrando… –acertó a decir, perplejo–. ¿Te he hecho daño?

Avergonzada, Elvi tapó la prueba de su inexperiencia y susurró:

–No. Es que ha sido mi primera vez.

Capítulo 5

EL DESCONCIERTO de Xan fue tan absoluto que se sintió enfermo. Ni siquiera había considerado la posibilidad de que Elvi Cartwright fuera virgen. ¿Cómo la iba a considerar? No estaban en la Edad Media. Las jóvenes ya no le tenían miedo al sexo, y lo afrontaban con tanta naturalidad como su contraparte masculina. Él lo sabía de sobra, porque se lo ofrecían constantemente, como si no fuera más importante que un apretón de manos.

Sin embargo, Elvi debía de ser la excepción a la norma. Y Xan se sintió el hombre más despreciable del mundo, el protagonista de una escena sórdida donde un adulto abusaba de una niña.

–¿Por qué no me lo dijiste? –le preguntó, levantándose a toda prisa de la cama–. Pensé que tenías experiencia.

Elvi se sentó y se cubrió con la manchada sábana. Estaba temblando. Había pasado del clímax a la súbita e inesperada furia de su primer amante.

–¿Por qué pensaste eso? –replicó, ruborizada.

Xan se pasó una mano por el pelo.

–Porque es lo normal a tu edad –respondió–. Si hubiera sabido que eras virgen, no te habría tocado. Y, desde luego, jamás te habría ofrecido este acuerdo.

Elvi se quedó perpleja por su afirmación, porque no esperaba que Xan tuviera principios morales en ese sentido.

–Bueno, es un poco tarde para arrepentirse –dijo, encogiéndose de hombros–. Además, intenté advertirte de que yo no era adecuada para ti, pero no me hiciste caso.

Xan se maldijo a sí mismo. Efectivamente, tenía la mala costumbre de no escuchar a nadie cuando lo que tenían que decir se oponía a sus deseos. Pero no necesitaba que Elvi se lo recordara.

–¿Tomas la píldora?

Elvi sacudió la cabeza.

–No.

–¿Y no usas ningún otro método anticonceptivo? ¿Un DIU, quizá?

–No –repitió ella–. Tenía intención de hacer algo al respecto esta semana, pero me metiste tantas prisas que no he podido ir al ginecólogo.

–Oh, Dios mío… ¿Por qué no me dijiste que eras virgen? –insistió él, mirándola con recriminación.

–¡Porque no era asunto tuyo! –respondió Elvi, perdiendo la paciencia.

–¿Cómo que no? –bramó Xan–. ¡Empezó a serlo cuando te prestaste a tener relaciones sexuales conmigo!

–No fui yo quien se prestó a tener relaciones sexuales. La idea fue tuya. Y, como te empeñaste en que me mudara a tu piso doce horas después de haber cerrado el acuerdo, no tuve ocasión de hacer nada.

Xan pensó que Elvi tenía razón. Él era el único culpable de aquel desastre. Su arrogancia le había jugado una mala pasada y le había dado una lección que no esperaba recibir, porque tenía tanto éxito en todos los aspectos que había empezado a sentirse invencible. Pero, por lo visto, no era el hombre que creía ser. Había cometido un error inexcusable, y no encontraba la forma de arreglarlo.

Elvi se giró hacia Xan y lo miró con detenimiento. Estaba rígido, decepcionado y, por supuesto, enfadado, aunque tuvo la impresión de que el objeto de su enfado no era ella, sino él mismo. Quizá, por haber elegido mal a su nueva amante.

–No soy lo que esperabas, ¿verdad?

Él frunció el ceño.

–No, no lo eres –contestó–. Me has sorprendido, Elvi. Y no hay muchas personas que me puedan sorprender.

Xan se dijo que debía dejarla marchar. Era la solución más fácil. Pero, al verla así, haciendo esfuerzos por tapar su cuerpo desnudo, se emocionó. Sus ojos azules brillaban con una inocencia irresistible. Y, por otra parte, la deseaba.

¿Qué podía hacer? Le acababa de quitar su virginidad, y no la iba a tocar de nuevo hasta que fuera ella quien tomara la iniciativa. No tenía más remedio que encontrar la forma de enmendarse y arreglar las cosas. A fin de cuentas, era un hombre inteligente. Seguro que se le ocurría algo.

–Voy a probar la comida que has tenido la amabilidad de prepararme.

Elvi se quedó atónita con el espectacular hombre

desnudo que estaba ante ella. Era evidente que se sentía incómodo, y lo dejó aún más claro cuando se empezó a vestir. Pero la incomodidad de Xan no le preocupaba tanto como la suya. Acababa de tener su primera relación sexual, y él la había estropeado por el procedimiento de marcar inmediatamente las distancias, convirtiendo el placer en frialdad.

–¿Qué estás pensando? –preguntó Xan, inseguro.

–Que me siento sola. Estoy acostumbrada a vivir con mi familia.

–No estás sola. Estás conmigo.

–Ya, pero tú no eres cariñoso.

Xan entrecerró los ojos.

–¿Te gustaría que lo fuera?

Elvi lo miró y se preguntó cómo era posible que, después de lo sucedido, ardiera en deseos de acostarse otra vez con él y de arrancarle algo parecido a una sonrisa.

–No podrías serlo –replicó–. Tu concepto del afecto implica algo más que dar abrazos.

–Te equivocas. Suelo abrazar a mi madre –declaró Xan en su defensa.

–Vaya, no me digas que tú también tienes defectos –bromeó ella.

–Todos los tenemos. Pero ¿por qué no comemos algo? Estarás hambrienta.

Elvi asintió, se envolvió en la sábana con su timidez habitual y se dirigió al cuarto de baño para ducharse. En algunos sentidos, seguía conmocionada. No esperaba que la penetración le doliera tanto, pero tampoco esperaba que el placer posterior fuera tan sublime.

Empezaba a entender que Xan Ziakis estuviera tan enganchado con el sexo. Y era un gran amante, como había demostrado al convertir un principio desastroso en algo verdaderamente increíble. De hecho, todo habría sido perfecto si no se hubiera apartado de ella con tanta rapidez, haciendo que se sintiera despreciada.

Xan seguía en el dormitorio cuando Elvi salió del baño y entró en el vestidor con intención de ponerse alguna de las prendas elegidas por Sylvia, quien había definido la ingente cantidad de ropa como un simple vestuario básico. Y, por lo visto, le iban a enviar más.

Al final, se puso una falda tan corta como coqueta, un top de seda y unos zapatos de tacón alto. Supuso que sería una indumentaria adecuada para la amante de un hombre como Xan, aunque ni siquiera sabía si se dignaría a mirarla otra vez. Su actitud había cambiado por completo. Era como si estuviera asustado, y habría dado cualquier cosa por conocer el motivo.

–Olvídalo –se dijo en voz baja–. Ahora tienes que comer.

Elvi regresó al dormitorio, y su refinada apariencia aumentó el sentimiento de culpabilidad de Xan. Se había vestido como la mujer que le habría gustado que fuera, como la mujer en la que había intentado convertirla. Pero ella no era así. Ella era diferente. Y el hecho de que eso le preocupara lo incomodó todavía más, porque no tenía la costumbre de dudar de sus propias decisiones.

En lugar de esperarlo, Elvi salió de la habitación

y se fue a la cocina para servir la ensalada de pollo que había preparado. Si hubiera sido por ella, habrían comido allí mismo; pero pensó que Xan preferiría el comedor, así que puso la mesa.

Xan apareció al cabo de un par de minutos y se sentó. Elvi lo miró de soslayo, y lo encontró tan abrumadoramente sexy que se excitó de nuevo y bajó la cabeza, avergonzada. Sin embargo, él no se dio cuenta. Ya tenía bastante con la desagradable familiaridad del comedor, que siempre le recordaba cosas malas. Había pasado demasiado tiempo en aquel piso. Quizá sería mejor que lo vendiera.

De repente, sintió la necesidad de alejarla de allí. Pero ¿adónde la podía llevar?

La respuesta era evidente. Tendría que romper sus costumbres y rutinas, algo difícil para un hombre tan desconfiado como él; aunque, en ese caso, podía ser lo más recomendable: no en vano, sus costumbres y rutinas lo habían forzado a descubrir un par de detalles francamente enojosos sobre su propia naturaleza.

–Mañana me voy a Grecia –anunció–. Tengo que asistir a la boda de un familiar, y me gustaría que vinieras conmigo.

Elvi estuvo a punto de atragantarse con el trozo de pollo que se acababa de meter en la boca.

–¿Me lo dices a mí?

–¿A quién si no? ¿Ves alguien más con nosotros?

Ella se ruborizó y siguió comiendo.

–¿Tienes pasaporte? –se interesó Xan.

Ella asintió. Se lo había sacado unas semanas

antes, para poder marcharse de vacaciones con su madre y su hermano. Iba a ser un viaje corto y barato, porque no tenían dinero para más; pero la idea había saltado por los aires cuando Sally se vio obligada a dejar su trabajo por un delito que ni siquiera había cometido. Definitivamente, la vida podía cambiar en un abrir y cerrar de ojos.

El silencio de Elvi reavivó la incomodidad de Xan, que nunca había estado con una mujer tan callada. Desde luego, ella no sabía que era la primera vez que invitaba a Grecia a una de sus amantes, pero habría agradecido un poco de entusiasmo. Al fin y al cabo, ¿no había dicho que quería conocerlo mejor? ¿Y qué mejor oportunidad que ese viaje?

–Esta noche dormirás en mi ático –continuó–. Es lo más conveniente, porque el avión despega a primera hora de la mañana. La limusina pasará a recogerte a las nueve.

Xan se levantó de la silla, dando por finalizada la velada; y Elvi lo acompañó a la salida, aunque ni siquiera supo por qué se molestaba, teniendo en cuenta que el piso era suyo.

Al llegar a la puerta, él se giró hacia ella y la miró, sintiéndose más culpable que nunca. Estaba nerviosa, y su brillo natural había desaparecido. Sin embargo, parecía haber olvidado que habían hecho el amor sin utilizar ningún método anticonceptivo, y Xan prefirió no recordárselo. ¿Por qué preocuparla, si las posibilidades de que se quedara embarazada eran mínimas? Habría sido mejor que se hiciera una prueba de embarazo, pero no era el momento de decirlo.

Cuando sus miradas se encontraron, Elvi supo que estaba ofuscado por algo y se sorprendió una vez más. Al parecer, Xan no era tan experto en el arte de ocultar sus emociones como pretendía. Sus preciosos ojos de color ámbar podían ser de lo más elocuentes, y también eran de lo más atractivos, como demostró la reacción de su cuerpo: los pezones se le endurecieron, y volvió a tener una sensación de necesidad entre las piernas.

–¿Cuánto tiempo estaremos en Grecia? –se atrevió a preguntar.

–Cinco días.

Xan dio media vuelta y entró en el ascensor sin esperar un segundo más, porque tenía miedo de lo que pudiera ocurrir si seguía con ella. La encontraba tan irresistible que perdía el control y se comportaba como un adolescente, sin refinamiento alguno, con la ferocidad de un animal sediento de placer. Pero eso se había terminado. No volvería a cometer ese error.

Decidido a acelerar los acontecimientos, llamó por teléfono al encargado del edificio y le pidió dos cosas: que llevara las pertenencias de Elvi a su ático y que pusiera el piso en venta. Aún le estaba dando instrucciones cuando se subió a la limusina y vio la cara de Dmitri, que lo miró con recriminación.

¿Qué diablos le pasaba? Dmitri Pallas, un antiguo inspector de la policía griega, llevaba muchos años con él; pero, últimamente, se comportaba de forma extraña.

Como ya estaba bastante agobiado, optó por dejar el asunto para otro día. Cabía la posibilidad de que tuviera problemas familiares, o de que supiera algo más del robo, algo que no le había contado. Sin embargo, Xan no estaba de humor para afrontar cuestiones que pudieran llevar las cosas al terreno de lo personal. Era una línea que no cruzaba con sus empleados; sobre todo, porque tampoco quería que la cruzaran con él.

Lamentablemente, ya la había cruzado con la mujer que seguía en el piso. De hecho, se sentía tan incómodo que, en otras circunstancias, la habría llevado a un hotel en lugar de invitarla a su ático. Pero habría sido una mezquindad, y ya se había portado bastante mal.

Mientras Xan reflexionaba sobre la perspectiva de pasar la noche con ella, Elvi se cansó de estar sola en el piso y se fue a visitar a su familia, aunque tendría que mentir otra vez sobre su situación o, en el mejor de los casos, ocultarles la verdad. Era el precio por haber conseguido que Xan retirara los cargos.

Cuando llegó, se llevó la sorpresa de que su madre estaba vaciando los armarios de la cocina y guardándolo todo en cajas.

–¿Qué haces? –quiso saber.

Sally se giró hacia su hija y sonrió.

–Nos vamos a Oxford dentro de unos días.

Elvi frunció el ceño.

–No te entiendo…

Sally, que estaba agachada en el suelo, se incorporó y dijo:

–Haré té y te lo explicaré.

Elvi frunció el ceño. Su madre estaba de un humor sospechosamente bueno, y parecía haber recuperado su energía.

–¿Conoces a Dmitri Pallas? Es el jefe de seguridad del señor Ziakis –le adelantó Sally–. Pero también es un buen amigo mío, y ha acudido en nuestra ayuda.

Elvi se sentó a la mesa, cada vez más perpleja.

–Es la primera vez que hablas de Dmitri.

–Bueno, supongo que no me pareció necesario porque nos veíamos todos los días –se justificó Sally–. Y no, no tenemos una relación amorosa. Es simple amistad, aunque reconozco que me gusta.

–Eso no tiene nada de malo.

Elvi se quedó desconcertada con el súbito rubor de su madre. ¿Que no tenían una relación amorosa? Le resultó difícil de creer, teniendo en cuenta que la miró con expresión de vergüenza, pero Elvi se alegró mucho. Llevaba demasiado tiempo sola. No había salido con ningún hombre desde la muerte de su esposo. Necesitaba algo bonito, algo para ella, algo al margen de sus preciados hijos.

–Dmitri se compró una casa en Oxford para estar cerca de su familia –prosiguió Sally–. Y, como sabe que he perdido el trabajo y que tengo problemas financieros, me ha conseguido un empleo en un bar… para limpiar y servir mesas. Creo que es un paso adelante.

–Lo es.

–Nos quedaremos en su casa al principio y, cuando ahorre lo suficiente, nos mudaremos. Dmitri no suele estar allí. El señor Ziakis viaja mucho, y él tiene que acompañarlo.

–Pues es una gran idea. Estaréis en Oxford cuando Daniel empiece las clases.

–Sí –dijo Sally, sonriendo–. Cómo es la vida, ¿verdad? Cuando menos te lo esperas, pasa algo bueno.

–Increíble…

–Pero me preocupa la idea de verte menos.

–No se puede tener todo –observó Elvi–. Aunque huelga decir que os iré a ver.

–¿Puedo hacerte una pregunta?

–Claro.

–¿Por qué no nos has presentado a tu novio?

Esa vez, fue Elvi quien se ruborizó.

–Porque es demasiado pronto.

–Ah, es un caso de amor a primera vista… –dijo Sally, que pareció aliviada.

–Y puede terminar tan deprisa como empezó –comentó Elvi.

–Espero que no. Pero, si no tienes suerte, podrías marcharte a Oxford y vivir con nosotros.

–Sí, supongo que podría.

La calidez de Sally tranquilizó a su hija, bastante trastornada por su relación con Xan. Y ni siquiera sabía por qué le incomodaba tanto. Solo se habían acostado, No había nada más. Incluso había aprendido que las personas podían disfrutar de la intimidad erótica sin necesidad de estar enamoradas. Pero, en el fondo de su corazón, esperaba que Xan le diera algo que no le podía dar.

Volvió a su apartamento minutos antes de las nueve, y se quedó perpleja al ver que se habían llevado sus cosas. ¿Dónde estarían?

Su primera preocupación fue que no se podría cambiar de ropa, y que tendría que ir al ático de Xan con los vaqueros que se había puesto. Pero entonces, se preguntó por qué le preocupaba eso. ¿Quién había dicho que tuviera que vestirse como él quería? Cuanto antes se cansara de ella, mejor.

Además, Elvi estaba convencida de que el viaje a Grecia no iba a cambiar nada. No tenían nada que ver. No tenían nada en común.

Capítulo 6

LA LIMUSINA pasó a recogerla al cabo de unos minutos, y Elvi se llevó una decepción al ver que Xan no la estaba esperando en su domicilio. Según Dmitri, se encontraba cenando con unos banqueros en un club privado.

Elvi se dedicó a pasear por el ático, uno de los lugares más asombrosos que había visto en su vida. El salón era tan grande como elegante, y el inmenso dormitorio la dejó asombrada hasta que echó un vistazo al vestidor y descubrió dos cosas: que su ropa estaba allí y que su madre no había exagerado al afirmar que Xan lo ordenaba todo metódicamente, empezando por sus trajes. ¿Por qué sería tan obsesivo?

Luego, pasó al cuarto de baño y miró la magnífica bañera, que no parecía usarse con frecuencia. No había jabón ni lociones ni nada que pudiera hacer espuma. Pero estaba tan cansada que decidió aprovecharla y, mientras se llenaba de agua, pasó a otra de las maravillosas estancias del lugar, que resultó ser un gimnasio.

A Elvi no le extrañó que tuviera uno. Pasaba mucho tiempo en el despacho, y necesitaba mantenerse en forma. Sin embargo, la visión de los bancos y las pesas le recordó el musculoso cuerpo de Xan y volvió a dar un tinte rojizo a sus mejillas. No podía negar que aquel hombre la había cambiado. Para bien o para mal.

Tras regresar al cuarto de baño, se metió en la bañera y se puso a pensar en su primera experiencia sexual y en la actitud posterior de su amante, quien la había tratado como si fuera una desconocida. ¿Cómo no iba a estar cansada después de semejante experiencia? La había dejado sin energías.

En cuanto saliera del agua, se tumbaría en la enorme y solitaria cama del enorme dormitorio. Era lo único que podía hacer.

Xan salió pronto de su cena de negocios, sorprendiendo a sus guardaespaldas. La perspectiva de que una mujer lo estuviera esperando en su santuario del ático le resultaba tan extraña como los tórridos pensamientos que desequilibraban su estado mental.

Cuando entró en el dormitorio, vio la ropa que Elvi había dejado en el suelo y frunció el ceño. ¿Dónde se habría metido?

Tras comprobar todas las habitaciones, llegó a la conclusión de que estaría en el cuarto de baño. La puerta estaba entreabierta, pero no habría pasado si no hubiera visto que Elvi estaba dormida y sumergida hasta el cuello, lo cual anulaba el peligro de excitarse con su cuerpo y perder el control.

Aun así, apretó los dientes antes de entrar y alcanzar una toalla. Ella abrió los ojos en ese momento, y lo miró con alarma.

–¿Qué ocurre?

–Que te has quedado dormida.

Xan la levantó y la tomó entre sus brazos.

–¿Qué estás haciendo?

–Llevarte a la cama.

–¡Pero si estoy empapada!

Xan suspiró.

–Pues sécate con la toalla…

–¿Y qué pasa con mi pelo? No me puedo acostar con el pelo húmedo. Tendría un aspecto terrible por la mañana.

–¿Y eso importa?

Elvi bufó y se envolvió en la enorme toalla sin pensar demasiado en su desnudez. A fin de cuentas, no era la primera vez que la veía sin ropa.

–No deberías dormir en el bañera –continuó él–. Es peligroso.

Ella abrió su neceser y sacó un peine.

–Oh, vamos, no soy ni una anciana ni una enferma. No había tragado ni una gota de agua hasta que tú me has asustado –se defendió–. Pero dime una cosa… ¿Siempre tienes que ponerte en la peor de las situaciones?

–Sí, siempre –repuso él, admirando sus piernas.

–Lo suponía.

Tras quitarse el agua del cabello y peinárselo un poco, Elvi alcanzó el secador.

–Tenemos que hablar de algo importante –dijo él.

–¿De qué?

–De que no me puse preservativo.

Ella se quedó helada.

–¿Cómo? ¿Estás diciendo que hicimos el amor sin protección?

Xan asintió.

–Eso me temo.

–¿Es que te has vuelto loco? ¿Por qué no…?

–Porque perdí el control y me olvidé. Cometí un error. Eso es todo –la interrumpió–. Sobra decir que estoy enfadado conmigo mismo, pero gozo de buena salud y no hay peligro de que te haya transmitido ninguna enfermedad.

–¿Y qué pasará si me has dejado embarazada? –preguntó, nerviosa.

–Dudo que te quedes embarazada por una sola relación sexual –replicó él, intentando tranquilizarla–. Es bastante improbable. Pero quiero pedirte disculpas por haber sido tan imprudente.

Ella respiró hondo.

–No, la culpa es de los dos. Yo también tendría que haber pensado en los riesgos.

Ya en el dormitorio, Xan se desnudó para darse una ducha y dejó la ropa en el sitio designado para tal fin. Elvi se estaba secando el pelo, y no pareció verlo ni cuando entró en el cuarto de baño ni cuando salió y se metió en la cama.

Estaba tan excitado como frustrado, porque sospechaba que no había ninguna posibilidad de que hicieran el amor. Y se sintió aún peor al ver que ella abría uno de los cajones, revolvía su contenido, sacaba algo y lo cerraba de golpe, sin molestarse en ordenar lo que había desordenado. ¿Cómo podía ser tan caótica?

Momentos después, Elvi se puso un pijama que

la tapaba por completo, apagó la luz de su mesita de noche y se acostó.

No estaba particularmente preocupada por la posibilidad de haberse quedado encinta. Xan tenía razón al decir que era poco probable. Y, por otro lado, no quería perder su merecido sueño por culpa de una angustia que quizá no tuviera ninguna base.

Agotada, respiró hondo y disfrutó un momento del aroma de Xan, que le resultaba extrañamente tranquilizador. Se había puesto un pijama para hacerle saber que no estaba dispuesta a hacer nada sexual. Por supuesto, eso no habría impedido que lo hiciera si se hubiera dado la situación, pero el estrés acumulado en los últimos días la había debilitado de tal manera que solo quería dormir y descansar.

–Buenas noches, Xan.

Elvi lo dijo con total naturalidad, como si fueran simples compañeros de piso. Y, minutos después, se durmió.

Xan se quedó despierto, maravillado con la indiferencia de su amante. ¿Sería un truco? ¿Una forma perversa de provocar su pasión? No lo creía, porque el pijama que se había puesto era cualquier cosa menos sensual. Evidentemente, no tenía intención de aprovechar las ventajas de su nuevo vestuario.

Fuera como fuera, la situación lo tenía desconcertado. Se había acostado con muchas mujeres, pero era la primera vez que iba a pasar una noche entera con una. ¿Lo sabría Elvi? ¿Sería consciente de ello? ¿Le importaría algo?

Al parecer, no. Y tampoco le debía de importar lo de conocerlo mejor, porque no hacía ningún esfuerzo al respecto.

Definitivamente, era frustrante.

Elvi durmió como un tronco, y se despertó de buen humor. Al fin y al cabo, se había quitado dos problemas de encima: su virginidad y la acusación contra su madre, que se iba a mudar a Oxford con Daniel. Sus peores temores se habían desvanecido de repente, y hasta se atrevió a sonreír a Xan cuando salió del cuarto de baño, vestido con traje y tan espectacular como de costumbre.

Xan se quedó asombrado con su sonrisa, la primera sonrisa que le dedicaba. Y la perdonó por haberse quedado dormida sin hacer el amor con él.

–En Grecia hace calor –le informó–. Necesitas ropa de verano, así que me he tomado la libertad de…

–¡Oh, no! ¡No quiero más ropa! ¡No la necesito! –protestó Elvi, arrugando la nariz–. Tengo bastante con la mía.

–Lo siento, pero no puedo mostrarme en publico con una mujer cuya ropa parece de la beneficencia –replicó él.

–¿Por qué tienes que ser tan esnob?

–No soy un esnob –dijo Xan, muy serio–. Sencillamente, no quiero que la gente se burle de ti por estar mal vestida.

Elvi se levantó con su espantoso, arrugado e informe pijama y, tras pasar ante él, se metió en el cuarto de baño. Xan pensó que dormir con ella había sido como dormir con una de sus sobrinas pequeñas: un acto absolutamente inocente y, en consecuencia, aburrido.

Sin embargo, se recordó que no iba a Grecia por él, sino por ella, como una forma de premiarla por haberle quitado la virginidad. Además, necesitaba limpiar su conciencia y eliminar el sentimiento de culpabilidad que lo perseguía desde que habían hecho el amor.

Cuando Elvi salió del baño, se vistió y se dirigió al comedor, donde Xan estaba leyendo el periódico. Eran poco más de las seis, y estaba entusiasmada con la perspectiva de viajar al extranjero por primera vez.

–Supongo que estarás contento. Vas a ver a tu familia.

Él apartó la vista del periódico.

–No tenemos una relación precisamente estrecha –manifestó.

Elvi parpadeó, sorprendida.

–¿Por qué no? Tengo entendido que eres el mayor. Acudirán a ti en busca de consejo, como hace Daniel conmigo.

–Sí, por supuesto. Y cuido de ellos tan bien como puedo –declaró él–. Pero eso no implica que seamos grandes amigos.

–¿Tienes muchos hermanos?

–Seis. Cuatro hermanastras y dos hermanastros.

–¿Hermanastros? –preguntó Elvi, mirándolo con interés–. Eso quiere decir que tu padre o tu madre tuvieron más de una relación estable...

–Depende de lo que se entienda por estable. Mi

padre acabó cinco veces en el altar –dijo Xan con sorna–. Además de mi madre, se casó con dos modelos y dos reinas de la belleza, que naturalmente ardían en deseos de tener su propio nido.

–Oh.

Elvi empezó a entender la actitud de Xan hacia su familia, que seguramente era bastante disfuncional. Pero le pareció admirable que cuidara de ellos de todas formas, aunque no tuvieran una buena relación.

–¿De quién es la boda a la que vamos a asistir? –se interesó.

–De Delphina, la más joven. Solo tiene veinte años. Y, en lugar de estudiar y divertirse un poco, va a cometer el error de atarse a un hombre –dijo él con desaprobación–. Se habrán divorciado en cinco años.

–Bueno, puede que estén enamorados de verdad y sigan juntos para siempre.

Xan sacudió la cabeza como si acabara de oír la mayor estupidez de su vida y, a continuación, siguió leyendo el periódico. El sol iluminó entonces su negro cabello, y ella lo admiró un momento antes de pasar la vista por sus largas pestañas, su recta nariz y la piel morena de sus mejillas. No podía negar que lo deseaba. De hecho, lo encontraba tan fascinante que notó un calor extraño entre las piernas.

Estaban juntos porque Xan le había hecho una oferta que no podía rechazar. Se había comprometido a ser su amante a cambio de un favor. Pero, por mucho que eso le disgustara, se sentía tan atraída por él que corría el peligro de perder la cabeza si no se andaba con cuidado. Y, si la perdía, avivaría el deseo de Xan y la querría tener más tiempo a su lado, algo absolutamente inadmisible para ella. ¿O no?

Elvi se alejó de la mesa sin saber ni adónde iba, como si en lugar de ser una persona, fuera una semilla de diente de león arrastrada por el viento. Estuvo a punto de tropezar con una silla y, tras mirar unos segundos por la ventana, se dirigió al dormitorio.

Xan la miró con impaciencia, y pensó que estaba tan ensimismada que no prestaba atención alguna al mundo real. No se parecían en nada. Y, a pesar de eso, sintió la ridícula necesidad de apartar los objetos de su camino, para que no se estampara contra ellos.

Al entrar al dormitorio, Elvi se llevó la sorpresa de que Sylvia había llegado y la estaba esperando con una ayudante y un par de maletas.

–Dígame lo que necesita llevar a Grecia –declaró tranquilamente.

La actitud de Sylvia le pareció admirable. Se comportó como si no se hubiera plantado a horas intempestivas en el dormitorio de otra persona, aunque Elvi no tuvo tiempo de pensarlo mucho. Enseguida, la llevaron a la limusina, la acompañaron a la zona más exclusiva del aeropuerto y la invitaron a entrar en el reactor privado de Xan, donde se quedó atónita con los sillones de cuero y la exquisita decoración.

Elvi no quería estar contenta con el viaje, pero no lo pudo evitar. Era su primer vuelo, y jamás se habría imaginado que volaría en un avión lleno de lujos y con una azafata que se pondría inmediatamente a su disposición y le ofrecería café, películas, revistas y hasta la posibilidad de tumbarse en un camarote.

–Siéntate –ordenó Xan al ver que seguía de pie.

–Es la primera vez que vuelo, y hay tantas cosas interesantes que…

Xan la tomó de la mano y la sentó frente a él.

–Tu vida está llena de primeras veces –dijo con ironía.

Ella arqueó una ceja.

–No me mires así, que no me estaba burlando de ti –continuó Xan, haciendo esfuerzos por no reírse–. ¿Cómo es posible que no hayas volado antes? Hoy en día, subirse a un avión es tan normal como subirse a un autobús.

–Tú no sabes la vida que llevo.

–Pues ilústrame.

Ella sacudió la cabeza.

–Te aburriría.

–Oh, vamos –insistió él.

–Mi familia y yo nunca hemos tenido dinero para irnos de vacaciones.

–Entonces, ¿por qué te hiciste el pasaporte?

Elvi no quiso contarle que tenía intención de viajar con su madre y su hermano antes de que acusara a Sally, así que dijo:

–Por la esperanza de viajar alguna vez.

–¿Con una madre alcohólica?

–Sally será lo que sea, pero me adoptó y cuidó de mí en su peor época, cuando mi padre murió.

–¿Que te adoptó?

Elvi soltó un suspiro.

–Soy hija de la primera esposa de mi padre, que falleció cuando yo era un bebé. Sally lo adoraba, aunque creía que solo se había casado con ella para que cuidara de mí. Mi padre era un joven cirujano, y trabajaba tantas horas que no tenía tiempo para esas cosas –le explicó–. Cuando murió, Sally tuvo miedo de que me apartaran de ella, así que me adoptó.

–Supongo que entonces no le daba a la bebida.

–No, pero la cuestión es otra. Se hizo cargo de mí en el peor momento de su existencia, tras perder al hombre del que estaba enamorada.

–Y te sientes en deuda con ella, claro.

Elvi guardó silencio.

–¿Te molestaste en leer el testamento de tu padre? –prosiguió Xan.

Ella frunció el ceño. Evidentemente, estaba insinuando que Sally no la había adoptado por cariño, sino por intereses de carácter económico. Pero se equivocaba.

–Mi padre no dejó testamento. No era mayor que tú cuando sufrió el aneurisma que lo mató –declaró–. Sally no me adoptó por dinero, sino porque me adoraba y quería que estuviera con ella y con Daniel.

–Debió de ser difícil para ti. Vivir con una alcohólica es complicado –comentó Xan, preguntándose cómo era posible que quisiera tanto a Sally.

–Lo es, sin duda. Pero nunca fue abusiva ni violenta, y también tuvimos momentos felices. De hecho, Daniel y yo nos sentimos afortunados.

Xan la miró con detenimiento. Era obvio que disfrutaba hablando de su familia, y pensó que lo podía aprovechar para que se relajara un poco cuando estaba con él. Sin embargo, su interés por ella era sincero. Había sacrificado su libertad y su virginidad para salvar a su madre, y lo había hecho por amor y con un sentido de la lealtad que pocas personas tenían.

Desde luego, no podían ser más distintos.

–¿Adónde vamos exactamente? –se interesó ella.

–A Thira, la isla donde nací. No es el lugar más interesante de Grecia.

Elvi no se dejó engañar por sus palabras, porque la expresión de Xan no coincidía con su tajante tono de voz. Cualquiera se habría dado cuenta de que adoraba ese sitio; pero intentaba disimularlo, algo típico de un hombre tan cauto, inteligente y calculador como él, que no se fiaba de nadie.

Sin embargo, su desconfianza no había impedido que sacara a Sylvia de su casa a primera hora de la mañana para que la ayudara a hacer las maletas. Cuando quería, podía ser de lo más atento. Y siempre se adelantaba a cualquier problema que pudiera surgir.

Momentos después reapareció la azafata, que llevaba una botella de champán.

–Sé que no sueles beber, pero ¿te apetece una copa? –preguntó él–. Es tu primer viaje. Se merece una pequeña celebración.

Abrumada por su amable gesto, Elvi asintió y estuvo a punto de rogarle que no hablara de sus cosas delante de sus empleados, pero se lo calló porque Xan vivía en otro mundo y estaba acostumbrado a tratarlos como si no estuvieran presentes.

Por fin, se llevó la copa a los labios, bebió un poco y sonrió.

–No habría sido lo mismo con zumo de naranja –bromeó él.

–Supongo que no.

A decir verdad, a Elvi le habría dado igual que brindaran con agua. Lo importante era el gesto que había tenido con ella. Y, durante los minutos siguientes, se dedicó a beber y a escuchar las explicaciones que le dio sobre Thira y su familia. Por lo visto, su abuelo había construido la casa en la que iban a estar, aunque su padre la había ampliado más tarde.

–Tiene una playa privada –comentó–. Cuando era un niño, me encantaba ir a nadar o a explorar los alrededores.

Elvi se quedó extrañada con él. Por una parte, habló de la isla como si fuera un lugar idílico donde había sido absolutamente feliz; pero, por otra, no hizo ninguna mención de su madre y sus hermanastros.

En determinado momento, Xan hizo un pequeño chiste que ni siquiera tenía demasiada gracia y, cuando ella rompió a reír a carcajadas, dijo:

–No es posible que estés borracha. Solo te has tomado una copa.

–Pero no estoy acostumbrada a beber –le recordó, sin dejar de reírse.

Él frunció el ceño.

–Te necesito sobria, Elvi.

–No te preocupes por eso. Lo estoy.

Elvi se inclinó hacia delante y clavó en él sus grandes ojos azules. Xan cambió de posición en su asiento, incómodo y excitado a la vez.

–Seré sincero contigo, Elvi. Quiero tenerte, y quiero tenerte de cualquier forma.

–Eso no puede ser cierto –replicó ella, insegura–. No soy precisamente espectacular.

–Pues a mí me encantas.

A Elvi se le aceleró un poco el corazón. Nadie la había deseado tanto como la deseaba él, y eso hacía que se sintiera importante, especial, menos corriente. Al fin y al cabo, Xan podía estar con todas las mujeres que quisiera, pero la había elegido a ella.

–Bueno, tú también me gustas mucho –le confesó.

Xan soltó una carcajada y, tras levantarse del asiento, la alzó en vilo, se volvió a sentar y la puso sobre sus rodillas.

–Pensaba que no lo admitirías nunca –comentó, satisfecho.

–¿Por qué no? Yo siempre digo la verdad.

Xan le acarició las mejillas, le echó el pelo hacia atrás y clavó en ella sus intensos y hambrientos ojos.

–Tonterías. Todo el mundo miente.

–Eso no es cierto.

–¿Cuánto pesas?

Elvi se lo dijo, y él sacudió la cabeza y declaró:

–No me lo puedo creer.

Luego, la levantó de nuevo, fingió que no podía con ella y se dejó caer en el asiento con un bufido de esfuerzo tan falso que Elvi rompió a reír.

–¿Lo ves? No diría que peso mucho si no fuera verdad.

Las risitas de Elvi desaparecieron cuando él la cambió de posición y la puso a horcajadas, desconcertándola. La postura que mantenían ahora era tan íntima que intentó encontrar la forma de volver a su asiento sin mostrarse abrumada.

Entonces, Xan admiró sus rosados labios y ella se rindió a lo inevitable mientras él asaltaba su boca y le acariciaba las piernas con suavidad, subiendo lentamente.

Cuando llegó a su destino, metió los dedos por debajo de sus braguitas, localizó el punto más sensible de su cuerpo y lo empezó a frotar. Elvi gimió, incapaz de resistirse a las sensaciones que despertaba en ella. Quiso pedirle que se detuviera, pero el placer era demasiado intenso, y se limitó a retorcerse entre jadeos hasta llegar a un clímax que súbitamente deseaba con toda su alma.

Al sentir las primeras oleadas, hundió la cabeza entre sus hombros e intentó apretar la boca contra la fuerte columna de su cuello. Sin embargo, él se lo impidió por el procedimiento de besarla otra vez, y la combinación del beso y las caricias aumentó la potencia del orgasmo de tal manera que, cuando terminó, se sintió como si hubiera estallado en mil pedazos. Casi no se reconocía a sí misma.

Xan la devolvió a su asiento. Estaba inmensamente frustrado, pero la explosiva reacción de Elvi lo relajó un poco. Había sido sincera, real, más profunda que ninguna de las reacciones de sus anteriores amantes.

Elvi lo miró con asombro, como si no supiera lo que acababa de pasar. Y Xan, que estaba encantado con ella, sonrió con dulzura y dijo:

–Ya seguiremos después, *moli mu*.

Capítulo 7

ELVI jamás se habría imaginado que la madre de Xan tendría un temperamento radicalmente distinto al de su único hijo.

Llegaron a la villa en helicóptero y, cuando se bajó, se encontró ante una mujer que corría hacia ellos en compañía de varios perros. Se llamaba Ariadne, y no dejó de hablar en ningún momento, cambiando de tema como si fuera lo más natural del mundo. Por suerte, hablaba su idioma, y Elvi se sintió aliviada al saber que habría alguien que la entendiera, excepción hecha del propio Xan.

Mientras caminaban hacia la opulenta casa, Ariadne le contó que su difunta madre era inglesa y que no vivía en la enorme villa, sino en una casa del pueblo que estaba en el puerto.

–Solo suelo venir cuando aparece mi hijo, porque tengo la obligación de ser la anfitriona. A fin de cuentas, soy la más antigua de las viudas –dijo con humor–. Xan no se lleva muy bien con sus madrastras, pero se lleva mejor con sus hermanos y, cuando Delphina dijo que se quería casar aquí y que le hacía ilusión que su hermano oficiara la ceremonia…

–¿Su hermano es sacerdote?

–Sí, Lukas es pope de la iglesia griega ortodoxa.

Somos una familia bastante original –declaró Ariadne con orgullo–. Xan salió más convencional que sus hermanos, pero también es el más inteligente… No sabes cuánto me alegro de que haya venido con compañía. Delphina te va a encantar. Takis y ella se enamoraron en el colegio, como Helios y yo.

–¿Helios?

–El padre de Xan, aunque nosotros no estudiábamos en el mismo colegio. Yo era la hija del médico del pueblo, y nos conocimos por casualidad, mientras él estaba pescando –dijo, soltando un suspiro de nostalgia–. Helios era tan guapo como su hijo, pero le gustaban demasiado las mujeres y no tenía talento con el dinero. Cuando murió, había tenido que hipotecar hasta esta casa. Xan salvó a la familia.

Ariadne la miró a los ojos, y ella se sintió obligada a decir:

–Sí, es todo un personaje.

La madre de Xan la llevó a un dormitorio donde dos doncellas estaban discutiendo por algo relacionado con el equipaje de Elvi. Ariadne sonrió un poco más, la tomó del brazo y la alejó de la pequeña disputa.

–¿Sabes cuántos años he estado esperando a que mi hijo se presentara en casa con una mujer? –preguntó entonces.

Elvi se ruborizó.

–Ah, bueno… Xan y yo no… En fin, no es nada serio.

–Porque Xan no sabe ser serio. Creció en una casa que era una locura, entre amantes y exmujeres de mi difunto esposo –dijo Ariadne con sorna–. Además, era mayor que el resto de los hijos de Helios, y supongo que lo sufrió más.

Elvi frunció el ceño.

–Yo pensaba que se fue a vivir contigo cuando te divorciaste.

Ariadne sacudió la cabeza.

–No, Helios no quiso renunciar a la custodia de su hijo mayor y, como yo no estaba en mi mejor momento, permití que se quedara con él –explicó, adentrándose en un soleado pasillo lleno de cuadros–. Yo era joven y egoísta, sin mencionar el hecho de que me acababan de partir el corazón. Quería empezar de nuevo. Me desagradaba la idea de quedarme en la isla y limitarme a ser madre de mi hijo.

–¿Y qué pasó? ¿Te fuiste de aquí? –preguntó Elvi, deseando saber más sobre la infancia de Xan.

Ariadne no respondió. Se había detenido en el umbral de una habitación mucho más grande y espléndida que el dormitorio donde estaban discutiendo las doncellas, y estaba mirando a su alto y atractivo hijo, a quien dirigió unas palabras en griego.

Elvi no pudo entender lo que decía, pero él replicó con un encogimiento de hombros que no habría engañado a nadie, porque en su mirada no había ni el menor asomo de indiferencia. Evidentemente, Ariadne había hecho algún tipo de comentario sobre su invitada, y a él no le había hecho ninguna gracia.

–Está bien, te dejaré con tu amiga –dijo Ariadne, soltando una risita de sorna–. La cena se servirá dentro de una hora.

Xan salió a un balcón que daba al mar y pensó que el Egeo estaba tan azul como los ojos de Elvi.

–¿Qué ocurre? Pareces enfadado –dijo ella, acercándose.

Xan se giró con la elegancia de un felino. Estaba tan magnífico como aquella mañana, con la camisa tan blanca y la corbata tan recta como entonces. Pero necesitaba afeitarse, y Elvi se alegró de que su aspecto no fuera completamente perfecto, porque su vestido estaba arrugado y tenía una mancha de café.

–Es la primera vez que vengo a la isla con una mujer.

–Lo sé. Me lo ha dicho tu madre.

–He intentado explicarle que solo somos amigos...

–Yo también.

–Pero no me ha hecho ni caso.

–Me lo imaginaba.

Xan se pasó una mano por el pelo y dijo:

–Mi madre pretendía que durmieras en otra habitación, aunque huelga decir que he impuesto mi criterio.

Elvi se ruborizó. Estaban en una casa llena de invitados, la mayoría de los cuales serían familiares de Xan, y no quería que todos se dieran cuenta de que eran amantes. Sin embargo, no lo podía evitar.

–Mi madre está obsesionada con la idea de que me case y le dé nietos –le confesó Xan–. Pero yo no estoy preparado.

Elvi se encogió de hombros.

–Supongo que harás lo que te apetezca, y que ella lo sabe.

Xan pensó que Elvi tenía la desconcertante manía de meter el dedo en la llaga, algo poco recomendable cuando se estaba con alguien tan impaciente y malhumorado como él.

–¿Qué quieres decir con eso de que haré lo que me apetezca? Cualquiera diría que soy una especie de dictador –protestó.

–Bueno, eres un hombre intolerante –dijo ella con toda naturalidad–. Tienes expectativas claras, y esperas que los demás las cumplan a rajatabla. Quizá, porque les pagas por ello o quizá, porque estás acostumbrado a que te obedezcan.

Xan se quedó impresionado con su sinceridad y su tacto. Nunca le habían criticado con tanta amabilidad.

–Por las dos cosas –afirmó él–. Pero ¿qué me dices de ti? ¿Cuándo empezarás a obedecerme?

Elvi se puso tensa.

–Probablemente, nunca.

Xan se tuvo que dar la vuelta para que Elvi no viera su sonrisa, porque habría pensado que se estaba riendo de ella. Y no era cierto. Sencillamente, le parecía gracioso que le estuviera dando tantas lecciones sobre la vida como él se las daba sobre el sexo.

Sin embargo, eso no cambiaba su intención de librarse de ella cuando se cansara de su cuerpo, aunque en ese momento le parecía imposible. Le daría unas vacaciones inolvidables en Thira y la devolvería a su hogar sin haber sufrido más daño que el de ser menos inocente. Regresaría a su vida de sentimientos positivos y convertiría el recuerdo de su tórrida relación en algo socialmente aceptable.

Ajena a los planes de Xan, Elvi se alisó el vestido. Era de color negro y bastante escotado, muy elegante.

–Ponte tus diamantes para cenar.

–No son mis diamantes.

–¿Cómo que no? Los compré para ti.

–Pues no los quiero.

–Eso no cambia nada. Te los pondrás porque lo digo yo.

Elvi no tuvo más remedio que tragarse su orgullo. Había aceptado un acuerdo que la obligaba a ese tipo de cosas, de modo que se apartó el cabello mientras él abría la cajita de las joyas y sacaba el collar para ponérselo.

–Está bien. Pero te las devolveré cuando nuestros caminos se separen.

Xan se encogió de hombros.

–¿Y cuándo crees que se separarán?

–No lo sé. ¿Dentro de una semana?

Elvi le dedicó una mirada que ninguna mujer le había dedicado hasta entonces; una mirada de esperanza, como si estuviera loca por alejarse de él y recuperar su libertad.

–No, eso es demasiado pronto –dijo él, clavando la vista en sus voluptuosos senos.

–Deja de mirarme los pechos –protestó ella–. Mi cara está más arriba.

–Los miraré tanto como quiera, porque me encantan tus curvas –declaró él, tajante–. Pero será mejor que te pongas otro vestido. No me apetece que el resto de los invitados disfrute de tu escote.

Como Elvi tampoco quería que sus senos fueran centro de atención, se dirigió al vestidor donde habían dejado su ropa, contempló las distintas opciones y se decantó por el vestido azul que se había puesto para ir a la fiesta de Xan, aunque con un sujetador distinto. Luego, cruzó la sala para ir al cuarto de baño y dijo:

–¡No sé por qué te molesta que otros me miren!

Xan apretó los labios, preguntándose exactamente lo mismo. ¿Por qué le molestaba, si la suya era una relación sin importancia?

No encontró respuesta, pero sabía que no le agradaba la idea de compartir la visión de su maravilloso cuerpo. Aunque, por otra parte, no había peligro de que Elvi lo provocara a propósito. No era como algunas de las mujeres que había conocido, siempre encantadas de mostrar carne para atraer a más hombres.

–Sí, así estás mejor –dijo él cuando Elvi salió del baño–. Espero que el bañador que te he comprado no revele mucho.

Elvi lo miró con exasperación, porque ni el más recatado de los bañadores podía impedir que pareciera una *pin-up* de otros tiempos, detalle que la había llevado a alejarse de las piscinas desde su adolescencia.

–Veo que tú también tienes una veta mojigata –replicó, intentando provocarlo.

Xan, que seguía enfadado con ella por su deseo de marcharse tan pronto como fuera posible, se negó a picar el anzuelo y la siguió al pasillo exterior, donde tomaron una escalera.

Los invitados ya estaban disfrutando de sus bebidas cuando llegaron abajo. Xan le presentó a sus familiares, empezando por Delphina y su madre. Delphina resultó ser una preciosa morena con ojos como los de su hermano y su madre, una rubia impresionante que soltó una carcajada cuando se interesó por el trabajo de Elvi y esta dijo que había trabajado en una tienda.

–No sé por qué te ríes tanto, Callista –intervino Xan–. Algunas mujeres se toman la molestia de trabajar.

Xan la tomó del brazo y se la llevó con él, momento en el que Elvi susurró:

–No era necesario que dijeras eso. Bastaba con no hacerle caso.

–Ya, pero no soy de los que ponen la otra mejilla –replicó él–. Callista vive de los ricos con los que se acuesta, y no tiene derecho a burlarse de ti. Me extraña que Delphina haya salido tan bien con esa madre.

–Bueno, supongo que acostarse con hombres ricos es un trabajo como otro cualquiera –comentó ella.

Xan frunció el ceño.

–No lo he dicho por molestarte –continuó Elvi–. Después de todo, yo me he acostado contigo para impedir que mi madre terminara en prisión. No es exactamente lo mismo, pero se le parece.

–*Skase*! –bramó Xan.

–¿Qué significa eso?

–Que te calles, que dejes el tema de una vez –dijo, furioso.

–Pues no veo por qué. No puedes criticar a otras personas por cosas que tú también haces. No es justo.

–Yo puedo hacer lo que quiera.

–Sí, para tu desgracia.

Él se maldijo para sus adentros, pensando que se había buscado la única mujer del mundo que parecía encantada de ofenderlo.

Justo entonces, se encontraron con Ariadne, quien presentó a Elvi al resto de las hermanas de Xan. Él se mantuvo al margen, y no se llevó ninguna sorpresa al ver que congeniaban de inmediato. A diferencia de Callista, sus hermanas vivían en el mundo real. Desde luego, vivían en las casas que les había comprado, pero eran tan independientes como sus hermanos y solo pedían ayuda económica cuando las cosas les iban verdaderamente mal.

Minutos más tarde, se sentaron a cenar. Y Xan se dio cuenta de que Elvi se había convertido en la protagonista de la velada, porque su madre le empezó a hablar sobre su amor por los perros mientras sus hermanas competían por darle conversación.

Xan pensó que era típico de ella. Trataba a la gente con tanta amabilidad y dulzura que se los ganaba de inmediato, y se sintió perversamente satisfecho cuando Ariadne se la llevó para que viera su última obra, que sería tan horrenda como las demás. Su madre era profesora de universidad y una aclamada autora de varios libros de arqueología, pero no tenía talento con las manos.

–¡Claro! ¡No daba bien las puntadas! –exclamó Ariadne cuando volvieron–. Menos mal que esta jovencita me ha enseñado lo que tengo que hacer.

Xan se dijo que, definitivamente, era la triunfadora de la noche. Y, por si tuviera alguna duda, los demás se encargaron de confirmárselo.

Tobias, siempre tímido, le confesó que había sentido mucha vergüenza cuando rompió con su novio anterior y Xan se enteró de que era homosexual. Lukas pontificó sobre la indiferencia del mundo ante la crisis de los refugiados y le reveló que se había enamorado Y dos de sus hermanas le hicieron una confidencia que no habrían hecho a cualquiera: la primera, que se había quedado embarazada y la segunda, que se había echado novio.

Xan, que no salía de su asombro, se quedó aún más perplejo cuando Delphina le relató la historia de su relación con Takis con tanto lujo de detalles que hasta el interlocutor más atento se habría quedado dormido y Elvi la escuchó como si fuera la historia más romántica que había oído en su vida.

Era desconcertante desde cualquier punto de vista. Su familia le estaba contando cosas que jamás le habría contado a él. Caían uno tras otro en el hechizo de su simpatía, atraídos por su sincero interés y su optimismo.

–Es una chica adorable –dijo su madre cuando le dio las buenas noches–. Cásate con ella en cuanto puedas.

–Es demasiado cariñosa para ti –comentó su hermana mayor, que era médico–. Sería infeliz contigo.

–Es sencillamente maravillosa –afirmó Delphina.

–Sería una buena esposa –opinó Lukas, el pope.

–Es un encanto –sentenció Tobias–. Y sabe escuchar.

Aterrado por el entusiasmo de su familia, Xan aceptó sus consejos sin decir nada y sacó a Elvi del comedor. Ya habían llegado al piso de arriba cuando ella se detuvo y se quedó mirando un cuadro.

–¿Es tu padre?

Xan asintió.

–Sí.

A decir verdad, la atención de Xan no estaba en el retrato de Helios, sino en la suave piel de sus brazos y la redonda forma de sus nalgas, que despertaron toda su lujuria. Ardía en deseos de hacerle el amor. Pero esa vez se lo haría sin prisa, sin feroces arrebatos, disfrutando de cada segundo.

–¿Cuándo murió?

–Hace nueve años.

–Te pareces mucho a él.

–Por suerte, nuestro parecido se limita a la apariencia.

Xan la tomó del brazo y la llevó al dormitorio. Al pasar junto a él, Elvi le rozó y se ruborizó de nuevo, haciendo peligrar su decisión de tomarse las cosas con calma; pero se refrenó a tiempo y se limitó a pasarle una mano por la espalda, apretarla contra la pared y apartarle el cabello de la cara.

–Dime que me deseas –le ordenó.

Elvi entrecerró los ojos. El champán del avión la había llevado a confesar que le gustaba, pero ahora estaba completamente sobria.

–No quiero alimentar tu ego.

–¿Alimentar mi ego? ¿Por qué te empeñas en resistirte a algo tan natural como el sexo? No lo entiendo.

–Para mí no es tan natural –mintió.

Elvi estaba haciendo verdaderos esfuerzos por no

apretarse contra la dura y lisa superficie de su cuerpo. Los pezones se le habían endurecido, y notaba una especie de latido incesante entre las piernas.

–Eres demasiado obstinada –dijo Xan, sin poderse creer que una mujer tan amable con los demás fuera tan fría con él–. Te complicas la vida sin necesidad alguna.

–Yo no lo creo –replicó Elvi, tensa–. Pero soy como soy y, si cambiara mi forma de ser, ya no sería la misma.

–Te preocupas por cosas que no tienen sentido. Deberías fijarte en mí… Cuando estamos cerca, solo puedo pensar en lo mucho que te deseo.

Xan la apretó un poco más contra la pared y, cuando Elvi sintió su erección en el estómago, se estremeció de placer. La boca se le había quedado seca, y el corazón se le había desbocado. Casi no podía respirar.

–Oh, Xan…

–Es una sensación potente, ¿verdad? –susurró él, devorándola con los ojos–. Tan potente que no puedes pensar en nada más.

–Deja de burlarte de mí.

Elvi le puso las manos en el pecho y se lo acarició. Xan cerró los dedos sobre una y la llevó al lugar que más necesitaba de su atención, justo entre sus piernas. Pero, en lugar de asustarse, ella lo frotó de un modo tan erótico que él deseó arrancarle la ropa y darle varias lecciones enteras sobre sexualidad.

Tras quitarse la chaqueta, se soltó la corbata y se desabrochó la camisa. Elvi estaba mareada, borracha de excitación. Su nerviosismo había desaparecido ante el innegable hecho de que Xan la ansiaba tanto como ella a él y de que necesitaba sus caricias del mismo modo.

Por fin, Xan se quitó los pantalones y, antes de que pudiera hacer lo propio con los calzoncillos, ella se le adelantó, se puso de rodillas en el suelo y empezó a lamer su sexo.

Estremecido de placer, dejó que se lo metiera en la boca y lo chupara una y otra vez, saboreándolo y jugueteando con su lengua. Xan se arqueó contra ella y le acarició el cabello mientras susurraba algo en su idioma. Le estaba volviendo loco. Pero quería mucho más, así que la levantó al cabo de unos instantes y besó sus labios como si su vida dependiera de ello.

Luego, la llevó a la cama y le empezó a quitar el vestido. Desgraciadamente, el cierre se le resistió y, como había perdido la paciencia, rasgó la frágil tela.

–Es que no puedo esperar... –le confesó.

Xan le desabrochó el sujetador, cerró las manos sobre sus senos y le pellizcó los pezones. Después, asaltó su boca con tal pasión que Elvi soltó un gemido de necesidad.

Ni siquiera sabía cómo habían llegado a la cama. Solo supo que estaban súbitamente desnudos, y que los dorados ojos de Xan brillaron como los de un depredador cuando se acercó a ella y la puso en la posición que más le convenía.

–No, esta vez no –dijo él al ver que intentaba taparse con la sábana–. No quiero barreras, no quiero obstáculos, *moli mu.* Eres una obra de arte, y necesito mirarte.

Elvi podría haber dicho lo mismo de Xan, aunque guardó silencio. Tenía un cuerpo extraordinariamente masculino, desde sus anchos hombros hasta su estrecha cintura, pasando por sus potentes piernas. Y, en cuanto a la dura prueba de su excitación, le gustaba tanto que se humedeció un poco más.

–Te volveré loca de placer. Te lo prometo.

Xan se puso entre sus muslos, se los separó y la empezó a lamer, tomándola completamente por sorpresa. Elvi gritó, se aferró a su cabello y, por fin, se rindió a sus expertas atenciones, que aumentaron su ya frenética tensión y volvieron casi insoportable el vacío que sentía entre las piernas.

Durante los minutos siguientes, se estremeció, se sacudió y se retorció de placer sin poder hacer nada salvo dejarse llevar y, cuando alcanzó el orgasmo, tuvo la impresión de que el mundo había estallado como unos fuegos artificiales de múltiples colores.

Xan sonrió al ver su cara de asombro y la penetró con una fuerte acometida, soltando un grito de satisfacción que la excitó todavía más. Pero, a diferencia de su primera vez, no sintió incomodidad alguna. Todo fue una oleada de exquisitas sensaciones que variaban en función de sus movimientos.

–No pares –le rogó, sabiéndose al borde de otro orgasmo.

Lejos de hacerle caso, Xan se rio con suavidad, la puso de rodillas en la cama y penetró su receptivo cuerpo por detrás, una y otra vez.

Elvi se convirtió en una sucesión de gritos y gemidos que solo servían para que Xan la poseyera con más ahínco. Y, cuando ya empezaba a estar agotada, llegó a la cumbre más absoluta del placer en una especie de paroxismo electrizante.

–No quiero moverme hasta mañana –dijo, tumbándose boca abajo.

–¿Por qué te tumbas así? Pensaba que te gustaba acurrucarte contra mí después de hacer el amor –ironizó él.

–Pero tendrás calor, y estás cubierto de sudor.

–¿Quieres que me duche antes?

Elvi se dio la vuelta y soltó una carcajada.

–¡Solo era una broma!

Xan pasó un brazo a su alrededor y la apretó contra él. No se podía decir que fuera exactamente un abrazo, pero fue el gesto más cariñoso que le había ofrecido hasta entonces, y bastó para que su convulsa mente se tranquilizara.

–Te has puesto un preservativo, ¿verdad?

–Por supuesto. ¿Aún te preocupa eso?

–Tiendo a preocuparme por cualquier cosa.

–Preocuparse sin motivo es una pérdida de tiempo, y se me ocurren cosas mejores que hacer.

–¿Como cuál?

–Tomarte de nuevo.

Los grandes ojos azules de Elvi lo miraron con perplejidad.

–¿Ya estás listo? ¿Otra vez?

Xan asintió, muy serio.

–Tengo un montón de deseo acumulado, y todo es para ti –dijo–. Voy a ser muy exigente contigo, *moli mu*.

Elvi se entusiasmó al oírlo, y tuvo que reconocer

que Xan Ziakis le estaba enseñando muchas cosas sobre sí misma, tanto desnudo como vestido. Por mucho que la sacara de quicio, lo deseaba con todas las fibras de su ser. Pero intentó convencerse de que solo era una cuestión de atracción física, y de que no debía esperar nada más. A fin de cuentas, su acuerdo no duraría para siempre.

Por primera vez, fue consciente de que Joel tenía razón cuando afirmaba que estaba excesivamente centrada en su familia. Su existencia se había vuelto rutinaria, e incluso había dejado de pensar en el futuro. ¿Qué habría sido de ella si su camino no se hubiera cruzado con el de Xan? Aquel hombre había cambiado su vida, y ahora se sentía con fuerzas para buscarse otro trabajo o volver a estudiar.

Xan se fue un momento al cuarto de baño y, cuando regresó, Elvi se había quedado dormida. Al verla, sintió la tentación de despertarla, porque jamás había deseado a nadie como la deseaba a ella. De hecho, no la trataba como al resto de sus amantes. Tenía algo que le llegaba a lo más hondo, al corazón que se había jurado proteger.

Y de forma tan irritante como inexplicable, conseguía que cambiara de opinión todo el tiempo. ¿Qué había pasado con su decisión de no tocarla hasta que ella lo invitara a hacerlo? ¿Qué había pasado con su decisión de dejarla marchar en cinco días?

Cuanto más tiempo estaba con ella, más quería estar.

¿Sería quizá porque era su primer amante? ¿Se sentiría responsable por haberle quitado la virginidad?

Xan supuso que era posible, pero eso no explicaba su negativa a dejarla ir o el deseo de tomarla entre sus brazos cuando estaba dormida y no había ninguna posibilidad de que hicieran el amor. Ni siquiera explicaba el montón de ropa que estaba desparramado por el suelo, algo increíble en un hombre tan ordenado como él.

Al pensarlo, sintió pánico. Estaba perdiendo el control, y no lo podía permitir. No iba a dejar que ninguna mujer lo dominara. Tenía que encontrar la forma de alejarse de ella.

Elvi salió lentamente de su profundo sueño. La luz del alba se filtraba por las cortinas, y tenía mucho calor. Pero no lo tenía por la temperatura ambiente, sino por otra cosa: Xan la estaba acariciando entre las piernas.

Excitada, gimió de placer y arqueó las caderas. Xan dejó de masturbarla y penetró su anhelante cuerpo con un movimiento urgente, como dispuesto a tomarla por asalto. Sin embargo, cambió súbitamente de ritmo y adoptó uno más lento y sensual, que aumentó la tensión de Elvi del mismo modo.

Al cabo de un rato, estaba tan impaciente y desesperada que lo apretó con fuerza, rogándole que acelerara el proceso. Xan soltó un gemido ronco y acató sus deseos, regalándole exactamente lo que quería y arrojándola a un clímax que la dejó flotando.

–He pedido que te suban el desayuno –le informó él minutos después–. Yo tengo que trabajar un poco antes de acompañar a Delphina a la iglesia.

–Y yo tendré que prepararme para la boda –dijo ella, suspirando.

Xan se fue a ducharse y, cuando salió del cuarto de baño, Elvi ya estaba desayunando; pero se fijó en que parecía extrañamente preocupado y en que estaba más serio que de costumbre. Algo había cambiado. Se mostraba distante. ¿Se habría cansado de ella? ¿Le estaría insinuando que su acuerdo estaba a punto de terminar?

Elvi se dijo que era lo mejor, lo que siempre había querido, lo que teóricamente necesitaba. Podría volver a su vida anterior. Pero, si tanto lo deseaba, ¿por qué sentía náuseas ante la simple idea de perder a Xan?

Fuera como fuera, no quería enamorarse de él. No era tan tonta como para permitir que los sentimientos la controlaran. En el fondo, era una mujer práctica, sensata y completamente ajena a ese tipo de emociones peligrosas. Además, solo habían estado juntos unos cuantos días y, aunque Xan le hubiera demostrado que el sexo era lo más placentero del mundo, no era base suficiente para perder la cabeza por un hombre al que despreciaba.

Y lo despreciaba de verdad, o eso intentó decirse. Era inmoral, dictatorial y caprichoso. Quería que todos estuvieran a merced de sus deseos. Solo le interesaba el dinero y las mujeres, pero sin intención alguna de mantener relaciones profundas.

Tenía que romper con él tan pronto como fuera posible. Sobre todo, porque Xan la estaba cambiando, y no volvería a ser tan inocente y confiada como antes.

Pero ¿eso era malo? A fin de cuentas, no se sentía más débil, sino más fuerte.

Dos horas después, se puso un vestido de color verde oscuro y salió de la casa en compañía de Hana, la hermana mayor de Xan. Iban a la iglesia de la pequeña localidad de pescadores, donde se iba a celebrar la boda. Y, cuando llegaron, Elvi se llevó la sorpresa de que los bancos estaban llenos de gente, aunque le habían dicho que sería una ceremonia relativamente íntima, sin más invitados que los miembros de la familia.

Elvi se concentró en los maravillosos frescos de la bóveda y en la iconografía ortodoxa, que daba un aire cálido y alegre al interior del edificio. Y entonces, Hana dijo algo brusco en griego y se giró hacia una mujer que se sentó en lo que parecía ser el único sitio que quedaba.

El marido de Hana se llevó un dedo a los labios, como rogándole que mantuviera la calma, pero eso no impidió que los ojos de su esposa brillaran con ira.

Elvi supo que no era el momento más adecuado para interrogarla sobre la recién llegada, una mujer increíblemente bella e increíblemente atrevida, como demostraba el hecho de que no hubiera respetado la tradición de no vestirse de blanco en una boda. Por lo visto, la alta y esbelta desconocida no tenía ningún reparo en competir con la novia.

¿Quién podía ser? ¿Y por qué se giraban todos hacia ella, murmurando palabras ininteligibles? No tenía forma de saberlo, pero era obvio que nadie esperaba que se presentara allí, y que su presencia sería motivo de muchas habladurías.

Jamás se habría imaginado que estaba mirando a la única mujer que le había partido el corazón al hombre con el que se había acostado aquella misma noche. Y se lo había partido sin el menor remordimiento.

Cuando Xan vio entrar a Angie, se enfureció. Era la prima del novio, así que cabía la posibilidad de que hubiera recibido una invitación; pero eso no justificaba su presencia, porque sabía que toda su familia la detestaba tanto como él. Y, sin embargo, pensó que los años la habían tratado bien.

Momentos más tarde, Angie le lanzó una mirada seductora, y a Xan se le ocurrió una idea que le encantó: la de matar dos pájaros de un tiro. Tendría su venganza y, al mismo tiempo, recuperaría su libertad.

Quizá no fuera lo más ético que había hecho en su vida, pero había ocasiones en las que solo se podía hacer lo correcto mediante métodos perversos. Y tendría una ventaja indiscutible: poner fin a la ridícula convicción de su familia de que estaba dispuesto a sentar la cabeza.

Capítulo 8

SIENTO que Angie se haya presentado en la boda –dijo Delphina, como si la aparición de la exnovia de Xan fuera culpa suya–. La madre de Takis insistió en que le enviara una invitación, por simple cortesía. Pero nadie esperaba que viniera.

–¿Por qué os preocupa tanto? –intervino Elvi–. A mí me da lo mismo.

Elvi mintió miserablemente. Para entonces, ya le habían contado tantas cosas sobre Angie Sarantos que empezaba a estar harta. Y, por otro lado, el bochorno de Delphina le parecía excesivo, porque era el día de su boda y tendría que haber estado contenta.

Al parecer, Xan había conocido a Angie cuando tenía veintiún años y le había pedido que se casara con él. Angie aceptó y, cuando supo que la muerte de Helios había dejado a los Ziakis en la ruina, lo abandonó, se casó con otro hombre y se marchó a vivir a Suiza. Ahora, era una viuda sin hijos.

–Es obvio que se ha quedado sin dinero –comentó Ariadne en determinado momento–. Estará a la caza de otro marido rico, y se habrá acordado de Xan.

–¿Y qué? Xan no es tonto –replicó Elvi–. No se va a enamorar de una cazafortunas que ya lo dejó plantado.

Sin embargo, Elvi no las tenía todas consigo. Si era tan inmune a los encantos de la impresionante Angie, ¿a qué demonios estaba jugando?

No se podía decir que la tuviera abandonada. Se había sentado con ella durante el banquete y le había dado conversación, aunque su actitud fuera tan distante como si se acabaran de conocer. Pero, desde que se levantaron de la mesa, no había dejado de buscar la compañía de su antigua novia, con quien bromeaba y reía.

¿Sería simple complicidad de viejos amigos que compartían recuerdos del pasado?

Quizá, pero eso no cambiaba el hecho de que estaba marcando las distancias con ella, lo cual la convenció de que había decidido poner fin a su relación. Era lo único que podía explicar ese comportamiento.

En cualquier caso, Elvi no entendía cómo era posible que un hombre que la deseaba apasionadamente la noche anterior se dedicara a coquetear horas después con una antigua novia. Pero ella era una persona de sentimientos duraderos, y no alcanzaba ni a imaginar lo que pensaría Xan, quien por lo visto era incapaz de sentir nada profundo.

Desgraciadamente, esa supuesta verdad no impedía que se sintiera traicionada, dolida, abandonada. Tenía la sensación de que Xan había sacado un martillo y había golpeado su corazón hasta romperlo en pedazos, y se odiaba a sí misma por hundirse en la desesperación en lugar de alegrarse ante la perspectiva de volver a ser libre.

Por mucho que quisiera negarlo, se había enamorado de él. Y ahora, no tenía más remedio que tragarse su dolor y mostrarse indiferente ante el descarado coqueteo que llamaba la atención de todos los invitados.

¿O sería una cuestión de orgullo? Al fin y al cabo, le parecía increíble que se hubiera podido enamorar tan deprisa y, mucho menos, de un hombre como él.

Sí, tenía que ser eso. El deseo de Xan había alimentado la parte más arrogante de su ser, y ahora no soportaba que le diera la espalda. Pero no estaba dispuesta a dejarse llevar por una emoción tan poco recomendable, así que se obligó a sonreír como si no pasara nada y dejó de buscar a Xan con la mirada.

Por esa misma razón, se llevó una sorpresa cuando él apareció de repente y dijo:

–¿Quieres bailar?

Ella sacudió la cabeza.

–No, gracias.

Elvi estaba tan pálida que Xan estuvo a punto de renunciar a su plan y pedirle perdón. Sin embargo, seguía convencido de estar haciendo lo correcto. Tenía que dejarla marchar. De lo contrario, la condenaría a una relación sin futuro y a un proceso de ruptura innecesariamente cruel.

–Baila con otra. Yo estoy cansada –añadió ella.

–Bueno, si no te apetece…

Mientras se alejaba, Xan notó que Lukas lo miraba con recriminación, como a punto de soltarle una de sus peroratas. Toda su familia estaba enfadada con él, así que tomó la decisión de dejar la fiesta, trabajar un poco y esperar a la noche para hablar con Elvi sobre su marcha.

De nuevo a solas, Elvi salió al patio y se sentó a disfrutar de las vistas. Pero no pudo, porque su mente volvía una y otra vez a los ojos de Xan, las caricias de Xan y los sentimientos que despertaba en ella.

Minutos después, Angie Sarantos se presentó a su lado con una copa de champán.

–Se ha cansado de ti –dijo.

Elvi apretó los puños.

–¿Me estás hablando a mí?

–¿A quién si no? –dijo Angie–. Supongo que estarás furiosa conmigo, pero Xan y yo tuvimos algo especial. De hecho, no supe lo especial que era hasta que lo perdí. Cometí un error. Soy consciente de ello.

Elvi, que no quería hablar con la atractiva morena, replicó:

–Eso no es asunto mío.

–No, desde luego que no.

–Entonces, ¿por qué me lo cuentas?

–Porque no voy a permitir que nadie se interponga entre Xan y yo.

En ese momento, sonó el teléfono de Elvi. Era un mensaje de texto, que le dio la excusa perfecta para marcharse.

–Discúlpame. Tengo que contestar.

Elvi regresó al interior del edificio y leyó el mensaje de su madre, que la dejó helada. Daniel había sufrido un accidente de tráfico, y estaba en el hospital.

De repente, el deseo de volver a casa se convirtió en una necesidad imperiosa.

–¿Te encuentras bien? –preguntó Hana al verla–. Estás blanca como la nieve. Anda, ven conmigo y siéntate un rato.

–No, tengo que hablar con Xan. Es urgente –dijo–. ¿Sabes dónde está?

–Sí, en su despacho.

Hana le indicó el camino del despacho, que estaba en la planta baja de la casa, y Elvi salió en busca de su amante.

Cuando llegó, Xan estaba junto a uno de los balcones, hablando por teléfono en francés. Elvi lo había estudiado en el colegio, así que entendió unas cuantas palabras, aunque no las suficientes para saber lo que decía.

Por fin, él cortó la comunicación y se giró hacia ella.

–¿Qué quieres? –preguntó.

–Tengo que volver a casa. Mi hermano está en el hospital.

Desde ese momento, todo fue sobre ruedas. De hecho, Xan se mostró tan servicial que Elvi tuvo la impresión de que ardía en deseos de que abandonara la isla de Thira. Insistió en que volara en su avión privado, y se encargó de que una doncella le hiciera el equipaje mientras le buscaba una casa en Londres. Hasta puso dinero en su cuenta bancaria.

–¡No necesito ni tu casa ni tu dinero! –protestó ella.

–Por supuesto que sí. Te has quedado sin trabajo por mi culpa, y necesitas apoyo para salir adelante

–declaró Xan con vehemencia–. Por desgracia, puse en venta el piso donde te alojabas, pero te proporcionaré otro.

Elvi guardó silencio, porque discutir con él resultaba agotador. Cuando le llevaba la contraria, encontraba la forma de afrontar el asunto desde otro punto de vista que, frecuentemente, ella no había sopesado. Sin embargo, seguía sorprendida por sus ganas de quitársela de encima y suavizar el proceso con dinero.

–No quiero que te sientas culpable –dijo Elvi de repente–. No es necesario. Sencillamente, no nos llevábamos bien. Somos como el agua y el aceite, que no se mezclan.

Xan frunció el ceño.

–Yo no me siento culpable. ¿Por qué me iba a sentir culpable?

A Elvi se le encogió el corazón, pero no quiso hablar de Angie. ¿Para qué? Tenía cosas más importantes en las que pensar. Su hermano había sufrido un accidente, y esa desgracia era la excusa que Xan necesitaba para expulsarla de su vida.

–Cuídate –dijo él–. Y, si necesitas algo, llámame de inmediato.

Elvi lo miró con ira.

–No te llamaría por nada del mundo –replicó–. Adiós, Xan.

–Daniel se pondrá bien. Su madre dice que tiene un esguince en el tobillo y que está como si le hubieran dado una paliza, pero nada más –le explicó

Dmitri mientras la acompañaba al helicóptero que la esperaba en la villa–. Naturalmente, será bien recibida si decide mudarse a mi casa de Oxford.

–Gracias, Dmitri. Pero me sorprende que esté tan bien informado.

–Bueno, eso no tiene nada de particular. Hablo con su madre casi todos los días.

Elvi sonrió al jefe de seguridad y dijo:

–Le contaré la verdad en cuanto la vea. O, por lo menos, toda la verdad que pueda contarle, porque no quiero que se preocupe sin motivo.

Elvi llegó a Londres a mediodía del día siguiente, tras pasar una noche en vela en el lujoso avión de Xan y dirigirse a toda prisa a otro de sus lujosos pisos, donde dejó el equipaje. Luego, se fue directamente al hospital y se encontró con su madre en la sala de espera. Para entonces, estaba agotada. Y no solo por el viaje, sino por la tortura emocional de descubrirse enamorada de un hombre que no la quería.

–¿Has estado con el señor Ziakis? ¿En Grecia? –dijo su madre con incredulidad–. ¿Cómo es posible que…?

–Fui a verlo cuando te arrestaron, y una cosa llevó a la otra. Cenamos, nos caímos bien y terminamos saliendo –mintió Elvi–. Ha sido tan rápido como intenso. Una locura que, naturalmente, no podía durar.

–Por eso retiró los cargos, claro.

Sally abrazó a su temblorosa hija y susurró palabras de aliento, viendo más cosas en los ojos de Elvi de las que ella habría sido capaz de admitir.

Pero, por muy avergonzada que se sintiera, intentó convencerse de que todo iba a mejorar. Se había librado de una relación que no la llevaba a ningún sitio, y su hermano saldría del hospital por su propio pie, aunque tuviera que llevar muletas.

Dos semanas después, Dmitri alquiló una furgoneta y llevó a la familia de Sally a la casa de Oxford. Era una propiedad tan grande como bonita. Sally estaba encantada con el jardín y Elvi, con la perspectiva de tener su propia habitación.

Durante los días siguientes, se dedicó a ayudar a su madre con la organización de su nuevo hogar y a buscar cursos para estudiar algo y no tener que conformarse con el primer trabajo que le saliera. Sin embargo, pensaba en Xan constantemente; sobre todo de noche, cuando se quedaba sola en su dormitorio. Y, por si eso fuera poco, ahora tenía un problema diferente, porque la regla se le había retrasado.

Preocupada, salió a comprar una prueba de embarazo, aunque supuso que no sería nada. Xan tenía razón al afirmar que había muy pocas posibilidades de que se hubiera quedado encinta. Pero el destino se estaba burlando de ella, y el resultado de la prueba la dejó como si un tren le hubiera pasado por encima.

No podía ser cierto. No podía estar embarazada. Dominada por la angustia e incapaz de asumir lo sucedido, volvió a leer las instrucciones de la prueba, con la esperanza de que se hubiera equivocado. Lamentablemente, no era así. Iba a ser madre. Iba a tener un hijo de Xan.

¿Qué podía hacer?

Elvi sopesó la idea de abortar y la de tener el niño y entregarlo en adopción, pero no se sentía cómoda con ninguna de las dos opciones, así que las rechazó. Sin embargo, no podía seguir adelante sin informar a Xan. Tenía derecho a saberlo. Y antes de perder el poco valor que le quedaba, sacó el teléfono móvil y le envió un mensaje: *Necesito verte de inmediato. Tengo algo que decirte.*

Xan, que en ese momento estaba en una reunión, leyó el mensaje y respondió a toda prisa: *¿Comemos juntos?*

Su razón le decía que comer con Elvi era una mala idea. Pensaba en ella constantemente. Se acostaba con ella en la imaginación y se despertaba con ella del mismo modo. Se había obsesionado con sus gloriosas curvas, y no necesitaba ser muy listo para saber que la única forma de romper una obsesión era cortar por lo sano.

Además, ¿por qué querría verlo? ¿Sería algún tipo de problema familiar? Quizá lo fuera y, en ese caso, no tenía más opción que acudir en su ayuda. A fin de cuentas, le había dicho que lo llamara si lo necesitaba para algo.

No llegaré a tiempo para comer. Ahora vivo en Oxford.

Xan frunció el ceño. ¿No estaba viviendo en el apartamento que le había comprado? ¿Por qué demonios se había ido a Oxford?

Rápidamente, le pidió que se reuniera con él aquella tarde, en el apartamento que no estaba usando. Y pasó un buen rato antes de que Elvi se dignara a contestar que le parecía bien y que le escribiría de nuevo cuando llegara al apartamento.

Elvi no quiso ponerse nada especial para acudir al encuentro. Xan ya no era su amante, no era un hombre al que quisiera impresionar, sino el padre del bebé que estaba esperando.

Al final, optó por unos vaqueros y un top morado. Después, se recogió el pelo en una coleta, se marchó a la estación de ferrocarril y se subió al tren haciendo lo posible por no pensar en Xan. Pero no había olvidado nada. Recordaba todos los detalles, desde su forma de comer hasta su costumbre de leer el periódico durante el desayuno, pasando por el destello de sus preciosos ojos dorados cuando la miraba con deseo.

¿Se habría reconciliado con Angie Sarantos? ¿O solo había coqueteado con ella porque estaba cansado de su relación?

Elvi sabía que no debía pensar en esos términos, pero sentía curiosidad. Sobre todo ahora, cuando estaba a punto de darle una noticia que lo dejaría pasmado, porque no había considerado seriamente la posibilidad de que la hubiera dejado embarazada.

Fiel a su promesa, le envió un mensaje de texto cuando llegó al apartamento y se puso a caminar de un lado a otro, nerviosa. Al cabo de unos minutos, sonó el timbre de la puerta. Era Xan, lo cual la dejó desconcertada.

–¿Por qué llamas? ¿Es que no tienes llave?

–Claro que no. El apartamento está a tu nombre. No tengo derecho a entrar cuando quiera –respondió Xan con naturalidad.

–¿Has comprado el apartamento? ¿Para mí?

Elvi no entendía nada. ¿Por qué se lo habría comprado? Ni siquiera seguían juntos.

–Quería que tuvieras algo tuyo –respondió él, encogiéndose de hombros.

–Pues te lo agradezco mucho, pero la gente no compra apartamentos a personas que apenas conoce –declaró Elvi, intimidada por su altura y su cercanía física–. Supuse que lo habrías alquilado, así que no le di importancia. Quería decirte que estoy viviendo con mi familia, pero no encontraba el momento.

Xan ya no la escuchaba, aunque toda su atención estaba en ella. Volvía a vestir como en los viejos tiempos, decidida a no usar su vestuario nuevo, pero eso no le importó. De hecho, si hubiera tenido alguna oportunidad de seducirla, la habría aprovechado y la habría llevado al dormitorio para darse un banquete con su cuerpo.

Definitivamente, estaba obsesionado con aquella mujer. En cuanto veía sus curvas y sus grandes ojos azules, se excitaba sin remedio.

–En fin, será mejor que pases –continuó ella–. Tengo que hablar contigo.

Xan cerró la puerta y la siguió al salón, manteniendo las distancias para no caer en la tentación de tocarla.

–Di lo que tengas que decir. Mi chófer ha aparcado en la esquina, pensando que sería rápido, y no quiero que me pongan una multa.

–Estoy… estoy embarazada, Xan.

Por primera vez en su vida, Xan se quedó sin habla. No pudo hacer otra cosa que mirarla con asombro, completamente desconcertado.

–No me habría puesto en contacto contigo si no hubiera sido importante –prosiguió ella–. Dijiste que no teníamos que preocuparnos, que era imposible que me quedara encinta, pero es evidente que…

–Sí, lo es –la interrumpió él.

Su mente empezó a buscar una solución. Era su forma de ser: cuando se presentaba un problema, lo intentaba arreglar enseguida. Sin embargo, un bebé no era un problema normal y corriente. Echaba por tierra sus planes. Destrozaba el futuro que había calculado tan cuidadosamente. Siempre había querido ser padre, pero no tan pronto.

Decidido a no perder el aplomo, se recordó que su inteligencia y su flexibilidad lo habían sacado de líos mayores. Tenía que haber una solución, y la encontraría.

–No quiero abortar, y tampoco quiero entregarlo en adopción –anunció ella.

Xan, que aún estaba intentando asumir la noticia, dijo:

–Vaya, parece que la probabilidad de dejarte embarazada era más alta de lo que suponía. Debería haberlo pensado con más detenimiento. A fin de cuentas, procedo de una familia numerosa.

Xan cruzó la habitación y llamó a su chófer para decirle que iba a tardar más de lo previsto. Luego, colgó y se giró hacia Elvi, que se había sentado en el sofá de cuero.

–¿Qué vamos a hacer? –preguntó, retorciéndose las manos con nerviosismo.

–No lo sé, pero somos adultos –contestó él–. Seguro que se nos ocurre algo.

Elvi estuvo a punto de decir que no se sentía precisamente adulta en ese momento. Aquello era nuevo para ella. Pisaba un terreno desconocido, y no se veía como madre soltera. Pero no se lo quiso confesar.

Además, estaba angustiada con su propia reacción. En lugar de alegrarse ante la perspectiva de ser madre, se sentía culpable. Como si hubiera hecho algo indebido.

Para entonces, Xan ya había llegado a la conclusión de que no había ninguna solución mágica. El niño nacería, y sería responsable de él. Pero, si no llegaba a un acuerdo con su madre, su papel quedaría limitado al evidente apoyo económico y a unas cuantas visitas ocasionales, porque ni siquiera vivirían juntos.

La idea le pareció inaceptable. Sabía lo que pasaba cuando los padres se enemistaban. Había crecido en una familia disfuncional, con un padre que iba de relación en relación sin preocuparse por los hijos de sus relaciones anteriores, que quedaban a cargo de sus resentidas y amargadas exmujeres. Si no hubiera sido por él, que era el mayor, sus hermanos habrían estado solos la mayor parte del tiempo.

Desde luego, nada impedía que se alejara de Elvi y se lavara las manos en lo tocante al pequeño;

pero, si hacía eso, no sería mejor que su padre. Y, en cualquier caso, quería que su hijo tuviera todo lo que les habían negado a sus hermanos y a él: seguridad, cariño y unos padres que cuidaran de ellos.

Si no quería condenarlo a una sucesión de padrastros o madrastras, no tenía más opción que casarse con Elvi. Era la única forma de solucionarlo. Y, por otra parte, estaba más que dispuesto al sacrificio de acostarse todas las noches con ella.

–Casémonos –dijo sin más.

Elvi parpadeó.

–¿Casarnos? No digas tonterías.

Xan la miró con dureza.

–Es lo mejor para el pequeño.

–¡Pero si tú no quieres casarte conmigo! –exclamó ella, perdiendo la paciencia–. ¿Por qué quieres complicar las cosas?

Xan suspiró e intentó apartar la vista del sujetador de Elvi, que se veía por debajo de su top.

–Mira, tenemos que pensar en el futuro del bebé. Tenemos que hacer lo posible para que sea feliz –razonó–. Eso es mucho más importante que lo que podamos sentir el uno por el otro.

Desconcertada con la seriedad de su argumentación, Elvi apartó la vista.

–No me puedo creer lo que estoy oyendo. No necesitamos estar casados para ser buenos padres. La gente ya no se casa por eso.

–Elvi… –dijo él con impaciencia–. Te propongo el matrimonio porque sé lo que puede pasar cuando los niños carecen de un hogar estable. He crecido en uno. Las cosas cambiaban todo el tiempo, y no las podíamos controlar. Llegaba una esposa nueva, se marchaba, aparecía otra y establecía sus propias normas. Una y otra vez.

–Lo que dices no tiene ningún sentido. Si no recuerdo mal, tu padre se casó con todas sus mujeres, y eso no os dio seguridad alguna. ¿Por qué me propones el matrimonio, si la experiencia te dice que no funciona?

Xan alzó la barbilla con arrogancia.

–Porque, a diferencia de mi padre, haré todo lo que esté en mi mano para que el nuestro salga bien.

–No puede salir bien, Xan. Para vivir juntos, los padres tienen que estar enamorados. Y yo no soporto la idea de estar contigo.

Xan se puso tenso.

–¿Que no puedes estar conmigo? ¿Por qué? ¿Qué quieres decir?

Él le lanzó una mirada que pretendía intimidarla, pero fracasó por completo.

–¿Ya has olvidado lo que pasó durante la boda de tu hermana? Te cansaste de mí cuando no habían pasado ni veinticuatro horas desde que habíamos llegado a Grecia, y te faltó poco para arrojarte a los brazos de Angie. Eres demasiado volátil, Xan.

Él apretó los dientes, irritado por la injusticia de su acusación. No había coqueteado con Angie porque quisiera estar con ella, sino por una razón bien distinta. Pero no estaba preparado para decírselo.

–No soy volátil –se defendió.

Elvi estuvo a punto de decirle que se parecía más a su padre de lo que pensaba, y solo se abstuvo de hacerlo porque pensó que eso complicaría las cosas. Además, no podía estar hablando en serio. La idea de casarse era ridícula.

–Puede que no lo seas, pero tampoco eres precisamente leal –contraatacó ella, incapaz de refrenarse–. Y no puedo vivir con eso.

Xan se puso rojo de ira. Desde que era rico, las mujeres estaban dispuestas a bacer cualquier cosa ante la posibilidad de casarse con él. Al fin y al cabo, les podía ofrecer una vida de lo más apetecible. Y siempre había dado por sentado que, cuando por fin propusiera el matrimonio a alguien, lo aceptaría a toda prisa por miedo a que cambiara de opinión.

Sin embargo, Elvi iba a ser una excepción hasta el final, y lo estaba rechazando con un argumento tan débil como su supuesto carácter volátil.

–Puede que te sorprenda, pero nunca he traicionado a ninguna de mis amantes –afirmó él–. Cuando estoy con una mujer, no me acuesto con otra. Me gusta ser claro y honesto en mi vida personal.

Elvi se ruborizó, preguntándose si lo debía creer. A decir verdad, había sido sincero con ella desde el principio, aunque lo fuera de un modo brutal. No le había mentido en ningún momento. No había roto ninguna de sus promesas. Pero, por otro lado, su comportamiento en la boda de su hermana había sido tan indigno que no lo podía pasar por alto.

¿Estaría siendo demasiado estricta con él? Cabía la posibilidad, teniendo en cuenta que no había tenido más amantes y que, en consecuencia, no los podía comparar.

Fuera como fuera, era evidente que Xan no había visto a Angie Sarantos desde que lo abandonó, y tampoco tenía nada de particular que hubiera sentido curiosidad cuando se presentó de improviso en la isla. Además, no había hecho nada malo. Por lo que sabía, no se había acostado con ella. Ni siquiera le había dado un beso. Y, desde luego, no tenía la culpa de que Angie intentara reconquistar su corazón.

–Lo siento. Es posible que te haya juzgado a la ligera –le confesó–. Pero sigo sin saber si puedo confiar en ti, y eso es un problema.

–Puedes estar segura de que haré lo mejor para nuestro bebé –alegó Xan con intensidad–. *Thee mu*, Elvi... ¿es que no entiendes que pedirte el matrimonio es un acto de fe por mi parte? Sin contar el hecho de que es la única forma de que podamos compartir a nuestro hijo. Y, aunque admito que yo no estoy acostumbrado a compartir nada, te prometo que, si te casas conmigo, aprenderé a compartir.

Lejos de tranquilizar a Elvi, la confesión de Xan encendió todas sus alarmas. Efectivamente, no estaba acostumbrado a compartir. Era igual que su padre, quien había insistido en quedarse con la custodia de su hijo cuando se separó de Ariadne. ¿Y cómo podía confiar en un hombre que se había criado con Helios?

Sin embargo, también le preocupaba la posibilidad de ser madre soltera. ¿Qué pasaría si no sabía educarlo o no cumplía las expectativas de Xan? ¿Qué pasaría si él decidía que no lo veía lo suficiente? ¿Cuántos derechos tendría en la práctica, estando prácticamente sola y ganando un sueldo miserable? ¿Cómo se podría enfrentar a un hombre tan rico y poderoso?

Desde ese punto de vista, casarse con Xan era lo mejor que podía hacer. Las esposas tenían más poder que las madres solteras, aunque solo fuera porque no se las podían quitar de en medio con tanta facilidad. Y el hecho de que Ariadne hubiera perdido la custodia de su hijo no demostraba nada, porque había renunciado a luchar por él.

Pero ella no era como Ariadne. Ella pelearía hasta el último momento. Y, si tenía que pelear, tendría más fuerza como esposa de Xan.

Mientras ella se debatía en aquella batalla interior, Xan la miró a los ojos y se sintió culpable. Su idea de utilizar a Angie para romper su relación con Elvi había causado más daños de los que pretendía. Las consecuencias estaban a la vista, porque Elvi se había vuelto tan desconfiada que estaba dispuesta a rechazar un anillo de compromiso que Angie habría aceptado a la primera de cambio.

Sin embargo, Angie y Elvi no tenían nada en común. Y, por si tenía alguna duda al respecto, su exnovia se lo había dejado bastante claro cuando le confesó que no estaba interesado en volver con ella: en lugar de sentirse dolida, se enrabietó. Era dura como el acero, y tan sentimental como una roca.

–¿Crees sinceramente que el matrimonio es la mejor solución? –preguntó Elvi súbitamente.

–Sí, lo creo.

Elvi suspiró y lo miró con atención. Sus atractivos rasgos tenían un aire de distanciamiento que resultaba de lo más sospechoso, porque daban la impresión de que siempre estaba tramando algo. No en vano, estaba acostumbrado a ganar. Si uno de sus planes fallaba, pasaba a otro. Y cualquiera sabía lo que el otro podía implicar.

–Está bien, me casaré contigo.

Xan se quedó desconcertado. No esperaba que cambiara de opinión con tanta rapidez.

–¿Lo dices en serio?

–Si es lo que quieres…

Él habría dado cualquier cosa por saber qué había provocado su súbito cambio de actitud. Pero su curiosidad no era tan importante como el triunfo que acababa de conseguir. Se casaría con él y criarían juntos a su hijo.

En cambio, los deseos de Elvi le incomodaban un poco. Conociéndola, querría bastante más de lo que le habría pedido ninguna otra mujer. Querría que cambiara. Querría que la amara. Y él, que se sentía capaz de ser leal con ella, no se creía capaz de amar a nadie, porque todas las personas a las que había amado lo habían dejado en la estacada o lo habían traicionado miserablemente.

–En ese caso, empezaremos por ir al médico para que confirme que estás embarazada –dijo–. Naturalmente, nos iremos al ático esta misma noche y…

–No, me quedaré con mi familia hasta que nos casemos –lo interrumpió ella, temiendo lo que pudiera pasar si volvían a hacer el amor–. Y, si voy a ver al médico, iré sola.

–Bueno, no discutamos por detalles, *moli mu* –dijo él–. No merece la pena.

–No, supongo que no.

Elvi lo miró a los ojos, y tuvo la sensación de ser un ratón jugando con un gato que la acechaba. Pero, en lugar de sentir miedo, sintió un calor entre las piernas que la hizo avergonzarse de sí misma.

–Ah, supongo que tendrás que conocer a mi familia –continuó ella–. Si nos vamos a casar, es lo más apropiado. Pero hay algo que deberías saber antes.

Xan frunció el ceño, porque no se había planteado ese problema. Efectivamente, tendría que conocer a su familia, y eso implicaba retomar su relación con Sally, la antigua asistenta que le había robado la vasija.

–¿A qué te refieres? –le preguntó.

–Al robo que sufriste. Ya es hora de que sepas la verdad.

Capítulo 9

XAN escuchó en silencio mientras Elvi le contaba la increíble historia de su hermano, que según ella se había quedado con la vasija por la simple y pura razón de que no había podido devolverla a su sitio. Y, cuanto más escuchaba, más se enfadaba.

–A ver si lo he entendido –dijo al final–. ¿Me estás diciendo que yo he sido el malo desde el principio y que ni tu madre ni tú ni mi propio jefe de seguridad, que lo sabía todo, habéis sido capaces de contármelo?

–No es que no fuéramos capaces, es que…

–¡No lo fuisteis! –la interrumpió él, absolutamente indignado–. Todos supusisteis que me negaría a creer a tu hermano y que lo destrozaría.

–¿Qué querías que hiciéramos? No nos podíamos arriesgar a que descargaras tu ira sobre él.

–¿Que no os podíais arriesgar? Maldita sea… ¡Pues ahora sí que voy a descargar mi ira! ¡Conspirasteis contra mí! ¡Me ocultasteis la verdad!

–¡Eso no es cierto!

–¿Cómo que no?

–Mi madre no tuvo intención de engañarte en ningún momento. Mintió a la policía para proteger a Daniel, porque sabía que no tendría ningún futuro si lo condenaban por robo. No hubo conspiración de ninguna clase. Y, en cuanto a Dmitri, no tuvo nada que ver en el asunto… supongo que se limitó a adivinar lo que había pasado.

–¿Y por qué no me lo has dicho antes?

–Te lo iba a decir antes de la boda, pero no me atreví –respondió Elvi–. Lo siento, Xan. Comprendo que estés disgustado, pero era importante que lo supieras.

Xan suspiró, intentando recuperar el control de sus emociones. Estaba bastante más que disgustado, y no solo con ellos. Ahora sabía que había acusado a un inocente y que, no contento con ello, había aprovechado la acusación para convencer a Elvi de que fuera su amante.

¿En qué lugar le dejaba eso? Su conciencia no se recuperaría nunca del golpe sufrido. Especialmente, porque había quitado la virginidad a la víctima de sus maquinaciones y, encima, la había dejado embarazada.

Se sentía tan frustrado que apretó los puños para no liarse a puñetazos contra la pared. El mundo parecía empeñado en recordarle constantemente sus pecados, sus errores, sus descuidos, como si quisiera hacerle ver que era tan falible como cualquier persona. Él, que siempre se había creído intocable. Él, que se creía demasiado listo como para caer en ninguna tentación. Pero un momento de debilidad lo había cambiado todo.

Y esa debilidad tenía un nombre: «Elvi».

Su incapacidad para resistirse a sus encantos lo

había llevado a dejarla embarazada y a pedirle el matrimonio. Su presencia lo había trastornado hasta el extremo de que ya no se reconocía a sí mismo. Incluso había despertado sentimientos que creía enterrados en lo más profundo de su ser, sentimientos que volvían con más fuerza que nunca y que amenazaban con destrozar su ya precaria estabilidad emocional.

–Bueno, te prometo que trataré a tu familia con el respeto que se merece.

–Gracias –dijo Elvi.

Xan la miró de nuevo, y el deseo surgió entre las cenizas de su rabia. Ni siquiera sabía cómo era posible que la deseara en semejante situación. Quería llevarla a su casa, poseerla una y otra vez y saciar la incontrolable y feroz necesidad que lo dominaba. Pero se sintió culpable hasta por eso, porque el objeto de su deseo era una frágil mujer que se había quedado embarazada.

–Por si te sirve de consuelo, siento no haberte dicho antes la verdad.

Xan guardó silencio, y ella se maldijo por no haber tratado el asunto con más tacto. No necesitaba ser muy lista para saber que sus emociones eran más profundas de lo que se había imaginado. Lo llevaba escrito en la cara, y por eso se había sentido en la necesidad de pedirle disculpas.

Hasta su ira demostraba que no era tan frío como pretendía ser. Seguía enfadado con ella, sí, pero la principal víctima de su enfado era él mismo, porque ahora sabía que nadie se había atrevido a decirle la verdad sobre el robo porque nadie creía que fuera capaz de ser comprensivo y mostrarse compasivo.

Si hubiera sido por ella, se habría acercado a él y le habría dado un abrazo. Pero Xan no se lo habría tomado bien.

–¿Estás segura de que quieres seguir adelante? –preguntó Sally, mirándola con preocupación–. Aún puedes cambiar de opinión, aunque sea en el último momento. Te aseguro que no me enfadaré.

Elvi, que estaba sentada con ella en el asiento trasero de una limusina, sonrió y se pasó las manos por las mangas del vestido. Era una absoluta maravilla, un sueño de encajes y corpiño ajustado que enfatizaba su figura y le daba un aspecto elegante al mismo tiempo.

–No me estoy arrepintiendo. Solo son nervios.

–Bueno, te lo he dicho antes y te lo volveré a decir. Quedarse embarazada no es motivo suficiente para casarse con nadie. Si quieres ser madre soltera, nos las arreglaremos.

–Lo sé, pero Xan quiere asumir su responsabilidad.

Su madre asintió.

–Es un hombre muy reservado –dijo–. Siempre pensé que acabarías con alguien completamente distinto.

Elvi se encogió de hombros.

–Y yo, pero nos las arreglaremos.

Las dos semanas transcurridas desde la proposición de matrimonio habían sido bastante ajetreadas.

Xan había ido a la casa de Oxford, y se había mostrado encantador con la familia de Elvi. Sin embargo, ella sabía que estaba incómodo, porque era consciente de que Sally y Daniel lo consideraban una especie de monstruo.

Luego, contrató a un organizador de bodas, la llevó a una boutique donde encontró el vestido de novia más bonito del mundo y la acompañó al ginecólogo para que se asegurara de que, efectivamente, estaba esperando un hijo. No podía ser más amable y considerado. Incluso había aceptado que se quedara a vivir con su familia hasta que se casaran, aunque él habría preferido que viviera en el ático.

Entonces, ¿por qué estaba tan deprimida?

Quizá, porque las circunstancias la habían obligado a ser más sincera con ella misma, empezando por el hecho de que estaba enamorada de él. Además, ahora sabía que lo había juzgado mal. No era el hombre indiferente y frío que indicaba su apariencia externa, sino un hombre sensible que intentaba hacer lo correcto en todas las ocasiones, como demostraba su preocupación por el futuro del niño que esperaban.

Hasta en eso se había equivocado. Xan no había tenido la infancia idílica que se imaginaba al principio. Había crecido en un hogar roto, sin sentirse seguro en ningún momento. ¿Cómo no iba a estar obsesionado con la estabilidad?

Irónicamente, Elvi estaba triste por la misma razón por la que amaba a Xan. Se casaba con ella por su sentido de la ética, porque se había quedado embarazada y le parecía lo correcto. No la amaba.

No la echaría de menos si le llegaba a pasar algo. De hecho, ni siquiera la había tocado desde que se marchó de la isla, lo cual parecía indicar que tampoco la deseaba. Y a pesar de ello, estaba decidido a ser su esposo.

Cuando entró en la iglesia de Londres donde se iba a celebrar la ceremonia del brazo de su hermano, se preguntó si su amigo Joel estaría presente. Joel se había comportado de una forma extraña desde que recibió la invitación, y había llegado a llamarla para preguntarle con evidente enfado cuándo había conocido a Xan y por qué no le había dicho que estaba saliendo con alguien. Pero eso no era justo, teniendo en cuenta que había estado ilocalizable durante varias semanas porque estaba pintando un cuadro.

Sin embargo, Elvi se olvidó de su amigo segundos después, al encontrarse con Ariadne, que le dedicó la mejor de sus sonrisas. La familia de Xan la había recibido con los brazos abiertos, y les estaba profundamente agradecida.

Justo entonces, se fijó en el alto y atractivo griego que la estaba esperando en el altar, vestido con un traje gris que enfatizaba sus anchos hombros y su fuerte y poderoso cuerpo. Cada vez que miraba sus ojos de color ámbar, se estremecía. Lo deseaba más de lo que había deseado a nadie. Lo deseaba tanto que a veces no lo podía soportar, porque la intensidad de esa emoción se imponía a su propio pensamiento.

La ceremonia empezó de inmediato, y Elvi estaba tan nerviosa que tuvo que hacer esfuerzos para mantenerse en pie. Pero, por fin, Xan le puso el anillo de platino en el dedo y pronunció sus votos con mucha más firmeza que ella. Acababa de convertirse en su marido. Se habían casado.

Por supuesto, toda la familia de Xan estaba allí; empezando por Delphina y Takis, que suspendieron temporalmente su luna de miel para pasar unos días en Londres. Y, cuando ya se disponían a salir de la iglesia, Elvi vio a su amigo Joel y se sintió aliviada.

Sin embargo, su alivio duró poco, porque Joel la miró con dureza. ¿Estaría enfadado con ella por haberse casado tan precipitadamente? Era posible, aunque no le había contado que estaba embarazada. De hecho, ni siquiera sabía si la familia de Xan estaría al tanto de la situación, lo cual la llevó a preguntárselo cuando subieron a la limusina para dirigirse al banquete.

–No, no les he dicho nada –respondió él–. El bebé es asunto nuestro.

Elvi asintió y se preguntó si su familia habría reaccionado bien si les hubiera dicho la verdad o si la habrían descendido a la categoría de una fresca sin escrúpulos que se casaba con él por su dinero. Pero eso carecía de importancia, porque no tardarían mucho en descubrir que iba a tener un hijo.

Ya habían servido la comida cuando vio que Sally estaba hablando con Dmitri y que Xan los miraba con curiosidad.

–¿Qué está pasando aquí? –preguntó él.

–Creo que nada, pero dales tiempo –respondió Elvi con humor–. Supongo que tu jefe de seguridad no le habría ofrecido su casa de Oxford si no tuviera una buena razón.

–¿Y a ti no te importa?

–En absoluto. Mi madre lleva demasiado tiempo sola –contestó–. ¿Y a ti?

Xan no respondió a la pregunta, porque se había sumido en sus pensamientos. Estaba enfadado con Dmitri porque no había compartido sus dudas sobre la supuesta culpabilidad de Sally. Si lo hubiera hecho, quizá no habría cometido el error de ofrecer un acuerdo indecente a Elvi, aunque no podía estar seguro de ello. A fin de cuentas, ningún hombre honorable se habría rebajado a hacer algo así.

Momentos después, Joel hizo un gesto a Elvi desde el otro lado de la sala, y ella se fue a charlar con su viejo amigo.

–No estaba segura de que vinieras –le confesó, sonriendo–. No sabes cuánto me alegro de verte.

Joel miró el collar de diamantes que llevaba al cuello y dijo:

–Tienes muy buen aspecto. Menos mal que me he sobrepuesto al disgusto y me he atrevido a venir.

–¿Al disgusto? No te entiendo.

Joel suspiró.

–No te diste cuenta de nada, ¿verdad? Y eso que lo tenías delante de tus narices… Estaba esperando a que salieras de tu encierro emocional y te fijaras en mí, pero supongo que he perdido mi oportunidad.

Elvi palideció.

–¿Insinúas que…?

–Siempre te he deseado. Te deseo desde que estábamos en el colegio –dijo con frustración–. Hice lo posible para que te dieras por enterada y, al final, llegué a la conclusión de que no lo notabas porque eras demasiado inmadura y estabas demasiado centrada en tu familia. Pero siempre he estado enamorado de ti.

–Oh, Dios mío, lo siento –dijo Elvi, atónita–. No sabía que…

–Nadie debería presentarse en una boda para decir eso a la novia.

La voz que acababa de sonar era la de Xan, que se había acercado a ellos. Y Elvi miró a su esposo con consternación.

–No creo que decírselo tenga nada de malo –replicó Joel, desafiante–. Además, quiero que sepa que, cuando tú destroces vuestra relación, la seguiré esperando.

Elvi se quedó helada un segundo después, cuando Xan echó un brazo hacia atrás y pegó un puñetazo a Joel. Por fortuna, Dmitri se interpuso entre los dos hombres e impidió que las cosas fueran a más, pero ni eso borró lo sucedido ni evitó que Joel se marchara del banquete, completamente indignado.

–¿Se puede saber qué estás haciendo? –preguntó Elvi a Xan.

Xan respiró hondo. Si Dmitri no hubiera intervenido, habría golpeado una y otra vez a aquel canalla. ¿Cómo se atrevía a decir una cosa así? ¿Quién diablos era? ¿Quién lo había invitado a la boda? Y, sobre todo, ¿qué relación tenía con Elvi?

–¿Quién es ese tipo? –bramó.

–¡Mi mejor amigo! ¡Y le has pegado!

–¿Tu mejor amigo es un hombre? –dijo Xan con incredulidad–. Pues eso termina aquí y ahora. Eres mi esposa. Eres mía. ¡No puedo permitir que un hombre te diga esas cosas!

Elvi estuvo a punto de contestar con cajas destempladas, pero vio que los invitados los estaban mirando y optó por una solución más discreta: la de alejarse de Xan con la excusa de ir al servicio.

La rápida retirada de Elvi evitó que Xan la sometiera a un interrogatorio, porque necesitaba saber más cosas sobre el tal Joel. ¿Cómo podía ser su mejor amigo? ¿Y qué esperaba que hiciera en esa situación? ¡Le había dicho que estaba enamorado de ella! Se había presentado en la boda de una recién casada y había intentado seducirla.

Pero no lo iba a conseguir. Elvi estaba esperando un hijo suyo, y eso la ataba a él.

Capítulo 10

ELVI se subió al avión de Xan con un sentimiento de liberación, porque dejaba atrás las tensiones del día y la presión de ser el centro de atención durante la boda. Además, aún estaba asombrada por el incidente del puñetazo, aunque fingiera que no pasaba nada. La agresiva reacción de Xan la había dejado atónita.

–Aún no me has dicho adónde vamos –preguntó a su esposo cuando el avión despegó.

–Al Sur de Francia. Tengo una casa que uso muy pocas veces. Consideré la posibilidad de llevarte a Thira, pero pensé que mi familia no nos dejaría en paz.

–Pues a mí me gusta tu familia –dijo ella en tono de protesta.

–Necesitamos estar solos, Elvi. Es nuestra luna de miel –le recordó Xan–. Pero, antes de empezarla, me gustaría que me hablaras sobre Joel.

Elvi se puso tensa.

–No hay mucho que decir. Somos amigos desde el colegio. Siempre tuvo temperamento artístico, así que no se llevaba bien con el resto de los chicos, pero yo era diferente –explicó–. Es un pintor bastante famoso.

–Si sois tan amigos, deberías haberme hablado de él.

–Y tú deberías haberme hablado de Angie –replicó Elvi con vehemencia–. Tu relación con ella es mucho más sospechosa que la que yo tengo con Joel. Nosotros solo somos amigos. Se podría decir que es el hermano mayor que nunca tuve.

–Ya, un hermano mayor que dice que te desea y que está enamorado de ti –ironizó Xan.

–Sí, es verdad que lo dijo, pero me resulta difícil de creer –declaró ella, sacudiendo la cabeza–. Jamás me habría imaginado que…

–¿Que te quiere? –la interrumpió Xan–. No me extraña, porque seguro que no has hecho nada que justifique sus sentimientos. Me di cuenta de lo asombrada que estabas con su declaración. Si no lo hubieras estado tanto, me habría preguntado si mantenías una relación con él a mis espaldas.

Elvi se ruborizó, irritada.

–¡Oh, vamos! ¿Qué relación podía mantener, si tú eres el primer y único amante que he tenido nunca? Y no te escudes en tu desconfianza, porque eso no justifica que le pegaras un puñetazo. No es una excusa.

–No necesito ninguna excusa. Y no me arrepiento de lo que hice.

–Pues deberías. No tenías motivos para ello.

Xan se acercó al pequeño bar del avión y se sirvió una copa.

–Por supuesto que los tenía. Tu amigo cruzó una línea inadmisible –se defendió–. Eres mi esposa, y nos acabábamos de casar. Ningún hombre habría admitido que otro lo desafiara en semejante situación.

–¡Joel no te ha desafiado!

Él arqueó una ceja.

–¿Ah, no? ¡Dijo que te estará esperando cuando yo destroce nuestra relación!

Elvi se puso más colorada.

–Bueno, es la típica tontería que dicen los hombres para salvar la cara –acertó a responder–. No deberías haberle hecho caso.

–Pues si eso es una tontería típica de hombres, mi puñetazo es otra –afirmó él–. Te estás equivocando con ese tipo. No se merece tu compasión.

–Claro que se la merece. Me sentí horriblemente culpable cuando me confesó que siempre había estado enamorado de mí, porque tendría que haberme dado cuenta de lo que pasaba, y ni siquiera me enteré… Y, para empeorar las cosas, tampoco le informé de que me iba a casar contigo. ¿Cómo se lo iba a decir? Es mi amigo, y tendría que haberle confesado lo de nuestro acuerdo.

Xan apartó la mirada.

–Lo siento, Elvi. Sé que no te he tratado bien. Pero no puedo cambiar el pasado.

–No, pero puedes asegurarte de no volver a interrumpir una conversación privada y de no pegar a uno de mis amigos por haber oído algo que no debías oír –razonó ella–. Es cierto que Joel fue demasiado lejos, pero también lo es que no había necesidad alguna de pegarle un puñetazo.

–Por supuesto que la había. Ahora sabe lo que le puede pasar si traspasa los límites. Pero, ya que la violencia te molesta tanto, te prometo que no volverá a ocurrir.

Elvi se sintió algo mejor, pero no del todo.

–Dijiste que soy tuya, y no lo soy. Ponerme un anillo en el dedo no me convierte en tu propiedad.

–Pero eres mía. Más de lo que lo haya sido ninguna mujer.

–¿Y qué me dices de Angie?

Xan apretó los labios.

–Yo no me casé con Angie y, desde luego, tampoco la dejé embarazada.

–Pero tú no tenías intención de casarte conmigo y dejarme encinta.

Xan se encogió de hombros.

–Angie fue mi primer amor, Elvi. Nos conocimos en la universidad y me enamoré perdidamente de ella. Sabía que era muy superficial, pero jamás me habría imaginado que, puesta a elegir entre el dinero y yo, elegiría el dinero. Oyó rumores de que la empresa de mi padre estaba en quiebra técnica, y me dejó el mismo día en que el departamento de contabilidad lo confirmó.

–Oh, Dios mío.

–Ya se había fijado en otro hombre, ¿sabes? Se casó con él poco después y se marchó al extranjero.

–Tuviste suerte de librarte de ella –dijo Elvi–. Pero, si lo que dices es cierto, ¿cómo es posible que coquetearas con esa mujer en la boda de tu hermana?

–No estaba coqueteando con Angie. Sencillamente, me di cuenta de que tenía que dejarte marchar y, cuando la vi en la iglesia, decidí utilizarla para forzar las cosas. Me equivoqué al ofrecerte ese acuerdo. Te tomé por otro tipo de mujer, pero el descubrimiento de tu virginidad lo cambió todo.

–¿Y por qué no me lo dijiste?

–Porque te deseaba con locura. Te deseaba tanto que me daba miedo, y me sentía culpable por haberme aprovechado de ti.

Elvi no se podía creer lo que estaba oyendo. Ni siquiera se había planteado la posibilidad de que se sintiera culpable.

–Complicas demasiado las cosas, Xan. Te has comportado como una de esas personas que tratan deliberadamente mal a sus parejas para que se enfaden y rompan la relación, ahorrándoles la necesidad de romperlas ellas.

A decir verdad, Elvi ya no estaba pensando en el comportamiento de su esposo, sino en su sorprendente confesión de que la deseaba tanto que le daba miedo. Y era lógico que lo pensara, porque ese miedo parecía indicar que sus sentimientos por ella no eran estrictamente sexuales, sino mucho más profundos.

–Pero ahora estamos juntos –dijo Xan con satisfacción–. Y te prometo que te trataré bien, porque no quiero que me dejes.

–¿Estás seguro de eso? ¿No te cansarás de mí y te marcharás con alguna de tus antiguas novias? ¿No habrá más Angies en tu vida?

–Claro que no. Aprendí la lección, Elvi.

Xan clavó la vista en sus labios y se inclinó sobre ella con intención de darle un beso cariñoso, pero perdió el control y se convirtió en un asalto sensual en toda regla: le pasó la lengua por el labio inferior, se lo mordió con suavidad y, a continuación, entró en su boca con la clase de energía que la dejaba sin aliento.

Elvi apretó las piernas, intentando refrenar su propia excitación.

–¿Estabas celoso de Joel?

Xan se apartó y frunció el ceño.

–Por supuesto que no. Nunca he sido celoso y, aunque lo fuera, ya no tengo motivos para serlo, porque no lo volverás a ver.

–¿Cómo dices?

–Es lo mejor para él, Elvi. Si insistes en verlo, creerá que lo estás animando y no se librará nunca de lo que siente. Sería una crueldad –respondió él–. Es mejor que mantengas las distancias hasta que lo supere.

–Veré a Joel cuando quiera verlo –insistió Elvi.

–No si yo puedo impedirlo –dijo su esposo–. Pero ¿por qué insistes en eso? Joel no quiere ser tu amigo, sino tu amante.

Elvi se ruborizó, incapaz de negar lo evidente.

–Ya se le pasará –continuó él–. Además, si estuviera verdaderamente enamorado de ti, se habría arriesgado y te habría dicho lo que sentía. ¿Quieres saber lo que opino yo?

–No.

–Opino que no te lo dijo porque habrías querido tener una relación seria, y no estaba preparado para eso. Te mantuvo en reserva, por así decirlo, consciente de que no salías con otros hombres. Y perdió su oportunidad.

–Tú también te alejaste de mí –le recordó.

–No, hice que tú te marcharas, y no sabes cuánto me arrepiento –puntualizó él–. He pasado el peor mes de mi vida. Pero debes saber que no he mirado a ninguna otra mujer desde que entraste en mi despacho por primera vez.

–¿Y qué me dices de Angie?

–Por Dios, ya te he dicho que estaba fingiendo.

Elvi se sentó.

–Pues finges muy bien.

–Porque quería que te lo creyeras y te marcharas.

Elvi se preguntó por enésima vez si había intentado alejarla porque se sentía culpable o si tenía motivos más personales. No le parecía posible que un problema de mala conciencia lo hubiera empujado a fingir interés por su antigua novia, porque no necesitaba eso para quitársela de encima. Pero no se lo quiso preguntar. Xan se había sumido en uno de sus humores distantes, y era obvio que no estaba dispuesto a dar más explicaciones.

Cuando aterrizaron, los estaba esperando un vehículo que los llevó a la villa del Sur de Francia. Era un precioso edificio de piedra, rodeado de campos llenos de espliego.

El ama de llaves salió a recibirlos y, mientras Xan se iba a dar una ducha, Elvi se dedicó a pasear por el fresco interior, sorprendida con la mezcla de muebles modernos y antiguos, que daba un aire extraordinariamente relajado a la casa.

–¿Por qué compraste este sitio, si no vienes casi nunca? –preguntó a Xan cuando salió del cuarto de baño.

–La quería para pasar mis vacaciones en ella –dijo él, poniéndose unos chinos y una camiseta de algodón–. Pero cada vez que venía, terminaba trabajando, así que dejé de venir.

–Pues no permitiré que trabajes en nuestra luna de miel.

Xan la miró con intensidad.

–No quiero trabajar cuando estás conmigo. Me gustas demasiado.

Elvi sonrió y, al ver su sonrisa, él cruzó la habitación y la tomó entre sus brazos antes de arrastrarla a la cama y sentarla sobre sus piernas.

–Oh, lo siento. No debería haberte arrastrado así –se excusó–. Estás embarazada, y tengo que ser más cuidadoso contigo.

–El médico dijo que estoy perfectamente bien.

Xan le puso una mano en el estómago y se lo acarició.

–No lo dudo. Pero, en lo tocante a mí, has pasado a ser tan frágil como un jarrón de cristal. Llevas a nuestro hijo en tu vientre, y no quiero asumir riesgos innecesarios.

Elvi se emocionó. Su preocupación por el pequeño disipaba todos los temores que aún pudiera albergar.

–Se nota que lo quieres de verdad.

–¿Al bebé? Claro, tanto como te quiero a ti, *moli mu*. Sé que no empezamos de la mejor manera posible, pero las cosas han cambiado –dijo Xan con afecto–. Venga, salgamos de la habitación y bajemos a cenar.

A Elvi se le encogió el corazón. La quería a ella

y quería a su bebé. Era una base más que suficiente para empezar un matrimonio, y casi se avergonzó de haberse casado con él por miedo a que le quitara la custodia de su hijo.

Xan la tomó de la mano y la llevó al patio de la casa, que habían iluminado con velas. Fue una cena ligera, porque ninguno de los dos estaba especialmente hambriento y, mientras tomaban el café, él clavó en ella sus brillantes ojos y preguntó:

–¿Por qué cambiaste de opinión cuando te pedí que nos casáramos? Tu negativa fue inmediata… y luego, de repente, aceptaste mi ofrecimiento.

Elvi pensó que era entonces o nunca, y decidió ser sincera con él.

–Aquel día estaba muerta de miedo. Acababa de descubrir que estaba embarazada, y era muy consciente de que tu padre se quedó con tu custodia cuando se divorció de tu madre. Me aterraba la idea de que me arrebataras a mi hijo si no nos casábamos.

Xan frunció el ceño, aunque no dijo nada.

–Me dije que las esposas tienen más derechos que las madres solteras, y me pareció que estaría más segura si me convertía en tu mujer –añadió Elvi.

–¿Lo estás diciendo en serio?

–Sí, pero ya no pienso lo mismo.

–No lo entiendo –dijo él, sacudiendo la cabeza–. No entiendo que me creyeras capaz de hacer semejante canallada después de lo que tuve que sufrir durante mi infancia.

–Sí, sé que nunca te sentiste seguro, pero…

–¡Fue mucho peor que eso! –la interrumpió Xan,

levantándose de la mesa–. Me voy a dar un paseo. Lo necesito.

Ella también se levantó.

–No sin mí –dijo.

–Elvi, no estoy de humor para que me acompañes.

Xan intentó alejarse, pero ella se interpuso en su camino.

–No, no puedes marcharte así, estando enfadado…

–¡No estoy enfadado! –bramó Xan–. Apártate, por favor.

–¡No! –exclamó ella, tajante–. Habla conmigo. No te vayas. No escondas más cosas.

Él apretó los labios.

–Déjame en paz, Elvi…

–De ninguna manera. No permitiré que te vayas en tu estado.

Súbitamente, Elvi se abalanzó sobre él y lo empezó a cubrir de besos.

–*Thee mu*… ¿Qué intentas hacerme? –preguntó Xan, encantado con sus atenciones.

–Solo quiero que hables. Yo he sido tan sincera como he podido. Tenía que serlo, porque no te quiero mentir –declaró–. Estaba fuera de mí cuando me pediste el matrimonio. Aún no había superado el dolor de verte coquetear con Angie, y no sabía si podía confiar en ti. Estaba asustada, confundida. Y, cuando me acordé de que tu padre se había quedado con la custodia, me asusté más.

–Yo no te haría eso. Lo pasé bastante mal con mi padre.

–Sí, eso lo sé ahora. Pero, al principio, me hiciste creer que tu infancia fue idílica.

Xan gimió.

–Siempre miento con esas cosas porque no quiero que mi madre se preocupe. No quiero que se sienta culpable por haber renunciado a mí sin presentar batalla. A fin de cuentas, no se puede decir que tuviera elección. Mi padre ya la había sustituido por otra, y mis abuelos la convencieron de que volviera a Estados Unidos y terminara su carrera. Sin mencionar el hecho de que no era mucho más que una niña.

Elvi le acarició la cara y preguntó:

–¿Ariadne se fue a Estados Unidos?

–Sí, y escribió su primer libro de arqueología, que fue un superventas.

–¿Y qué hacías tú por entonces?

–Acostumbrarme a mi primera madrastra, la madre de Hana y de Lukas. Mi padre se divorció de ella cuando yo tenía seis años y se casó con otra. No le duró mucho, pero tuvo tiempo de quedarse embarazada y tener a Tobias –le explicó–. Así fue toda mi infancia. Helios no era capaz de ser leal a ninguna mujer y, por si eso fuera poco, intentaba recuperar a mi madre cuando se quedaba sin amantes.

–¿En serio?

–Me temo que sí. Era un manipulador y un mentiroso que estuvo a punto de destrozarle la vida. Por suerte, mi madre se concentró en su carrera y le dio la espalda. Pero eso tuvo la consecuencia de que solo la pude ver unas cuantas veces durante aquellos años.

–Debió de ser tan difícil para ti como para tu madre.

–Ah, no sabes cuánto la quiero. Tiene un gran corazón. Sobrevivió a la tragedia de perderme por el procedimiento de concentrarse completamente en sus estudios y viajar por todo el mundo, de yacimiento arqueológico en yacimiento arqueológico.

–¿Y qué se siente al crecer en un hogar tan extraño como el tuyo? –preguntó Elvi con curiosidad.

–Bueno, imagínate que vuelves del colegio y descubres que te han quitado tu habitación para dársela a un nuevo hermanastro –dijo él–. No había nada permanente. No había nada que fuera verdaderamente mío. Siempre estaba a merced de la última amante o esposa de mi padre, y eso me convirtió en un solitario que no confiaba en nadie.

Elvi empezó a entender a su esposo por primera vez. Aquel niño solitario y desconfiado se había convertido en un hombre obsesionado con el orden y la seguridad, las dos cosas que le habían faltado en la infancia.

–Yo no quería ser un mujeriego como mi padre, así que opté por evitarme ese problema y buscarme amantes que no esperaban nada serio –prosiguió Xan, encogiéndose de hombros–. No sé si es digno de elogio, pero me fue bien hasta que tú apareciste en mi despacho y conseguiste que todo saltara por los aires. Sabía que eras distinta, y no te quise llevar al piso donde había estado con las otras. No te quería tratar del mismo modo.

Elvi le pasó un dedo por los labios y se los besó con suavidad.

–¿Lo ves? Si hablas conmigo, recibes una recompensa. Y cuanto más hables, mayor será –susurró.

Xan apretó la cadera contra su cuerpo, para que notara su erección.

–¿Y cuál es el premio mayor, *moli mu*?

–No me hagas decir esas cosas. No me siento cómoda –dijo ella, avergonzada con su propio atrevimiento.

–Bueno, tú también me haces decir cosas que no quiero decir. Es irritante, ¿verdad? Pero te deseo más de lo que he deseado a nadie.

–¿Incluida Angie?

–Angie nunca fue un desafío, y tú lo eres. Aunque te agradecería que dejaras de mencionarla.

Ella asintió.

–Está bien.

–Pensé que lo nuestro era una simple cuestión de sexo hasta que intenté renunciar a ti. Me sentía culpable por haberte quitado la virginidad, pero no estaba preparado para admitir que lo que tú y yo teníamos era verdaderamente especial.

Xan le intentó bajar el vestido, y ella protestó.

–¡Basta! ¡Estamos hablando!

–¿Y no podemos jugar al mismo tiempo? –preguntó Xan, acariciándole los senos.

Elvi se apartó de él, aunque sus caricias la estaban empezando a excitar.

–¿Por qué has querido marcharte sin mí?

Él se pasó una mano por el pelo y suspiró.

–No sé. Cuando me has dicho que solo te casaste conmigo porque tenías miedo de que te quitara la custodia de nuestro hijo, me he sentido…

–¿Cómo?

–Herido, frustrado, qué sé yo –acertó a responder–. ¿Qué querías que sintiera? Me he casado contigo porque te necesito, porque te amo, porque no puedo vivir sin ti. Pero supongo que la pasión y la lógica no se llevan bien, lo cual me lleva a meter la pata todo el tiempo.

Elvi lo miró con incredulidad.

–¿Me amas? ¿En serio?

–Desde luego. Esto es tan serio como un ataque al corazón –afirmó él–. Creo que me enamoré de ti cuando te vi por primera vez, y que esa es la razón por la que ya me sentía culpable cuando nos acostamos. Fui consciente de que había hecho algo terrible, y no sabía cómo enmendar mi error.

–Bueno, no eres el único que ha estado ocultando la verdad. Me convencí a mí misma de que me casaba contigo por lo que estábamos hablando, pero acepté tu ofrecimiento porque estaba secretamente enamorada de ti –le confesó Elvi–. No estoy segura de que te merezcas mi amor, pero quizá te lo merezcas si luchas por él durante el resto de nuestras vidas.

Xan rompió a reír.

–Me encanta que seas tan directa –dijo.

–Y a mí que te guste, pero espero que te portes bien constantemente. Y que me abraces después de que tengamos relaciones sexuales.

–Lo nuestro es mucho más que una relación sexual –susurró él.

–¿Qué somos entonces? ¿Almas gemelas?

Xan volvió a reírse.

–Bueno, no sé si somos almas gemelas exactamente, pero es innegable que nuestros cuerpos están destinados a fundirse.

Para entonces, Xan y Elvi estaban tan excitados que hicieron el amor una y otra vez en el dormitorio principal de la villa, hasta que empezó a amanecer. Y luego, se embarcaron en una difícil negociación, porque Elvi quería que Xan se tomara vacaciones de vez en cuando y Xan, que no dejara la ropa en el suelo.

–Te amo con toda mi alma, *agapi mu* –declaró él al cabo de unos minutos, mientras admiraba su rostro–. ¿Y sabes una cosa? Una vez me dijiste que siempre has querido un perro, y he decidido que te lo compraré cuando nos acostumbremos a ser padres.

Elvi lo abrazó con fuerza. Xan tenía la mala costumbre de calcularlo todo al milímetro, de forma innecesariamente cautelosa; pero, a pesar de ello, le había propuesto el matrimonio sin planearlo, y había aceptado la paternidad de buena gana y con todo el amor de su corazón.

–Yo también te quiero –replicó ella, convencida de haber encontrado a un hombre verdaderamente especial.

Cinco años después, Elvi estaba sentada en la playa de la mansión de Thira, mirando a su hija, Molly. La pequeña estaba haciendo un castillo de arena, siguiendo las instrucciones que Xan le había dado; pero, cuando ya lo había terminado, apareció su hermano pequeño con intención de tirárselo, porque Ajax disfrutaba tanto destruyendo cosas como ella construyéndolas.

Por suerte para Molly, Xan lo apartó antes de que se saliera con la suya.

–No –dijo a su hijo.

Ajax empezó a gritar e intentó escapar de su padre mientras Molly se plantaba ante el castillo para defenderlo a toda costa.

–¿Cuándo has vuelto? –preguntó Elvi a su marido.

–Hace diez minutos. La reunión de Atenas no ha sido tan larga como esperaba.

Ajax no dejaba de gritar, y su hermana se cansó de oírlo.

–Bueno, que lo tire si quiere –declaró Molly–. De todas formas, el mar se lo va a llevar.

–¿Estás segura? –dijo Elvi.

–Solo es un niño. Haré otro castillo mañana.

Xan dejó a Ajax en el suelo, y el pequeño gateó hasta el castillo y derribó una torre de un puñetazo, pero se tropezó y se manchó la cara de arena, algo que odiaba.

–Veo que hoy no es su día –ironizó Elvi, que corrió a rescatarlo.

El niño clavó en ella sus grandes ojos de color ámbar, que había heredado de su padre. Pero, por lo demás, el parecido estaba bastante repartido entre los dos. Molly tenía los ojos azules de Elvi y la obsesión por el orden de Xan, mientras que Ajax era tan caótico como su madre.

–Será mejor que lo acueste –dijo Elvi, empezando a recoger sus cosas.

Habían tenido dos hijos en cinco años, y la suya era una vida ajetreada. Incluso tenían un perro, un terrier llamado Bones, que los despertaba todas las mañanas y que, a pesar de ser bastante pequeño, tenía la energía de un elefante.

Tras dejar a los pequeños con su niñera, Elvi y Xan se quedaron a solas. Habían estado todo el día con los niños, y ella ardía en deseos de tener un poco de intimidad. Xan ya no trabajaba constantemente, pero sus responsabilidades lo obligaban a viajar por medio mundo y, aunque ella lo acompañaba al principio, el nacimiento de Molly la había obligado a tomarse las cosas con más calma.

Desde entonces, vivían en una casa de Londres y pasaban las vacaciones en Thira, porque el ambiente relajado de Grecia les parecía perfecto para criar a sus pequeños hijos. Y, cuando necesitaban estar a solas, los dejaban al cuidado de sus abuelos y se marchaban a la casa del Sur de Francia.

Ariadne había resultado ser una abuela adorable, aunque no estaba tan disponible como Dmitri y Sally, que se habían casado el año anterior, después de que el jefe de seguridad de Xan pidiera la jubilación anticipada. Se habían comprado una casa en la isla, y eran visitantes tan asiduos como los hermanos y hermanas de Xan. De hecho, celebraban fiestas familiares de forma regular, y Elvi se había acostumbrado a ser una perfecta anfitriona.

En cuanto a Daniel, había terminado la carrera de Medicina y estaba a punto de empezar a trabajar en un hospital londinense, lo cual alegró enormemente a su hermana, porque podría verlo más a menudo.

–No sé si eres consciente de que no nos hemos visto en toda la semana –dijo Xan, arrancándole un beso.

Elvi suspiró y sonrió.

–Te echaba tanto de menos que he estado soñando con encontrarte al pie de la escalera, esperándome –continuó él.

–¿Como una criada victoriana? –preguntó Elvi, sin dejar de sonreír.

–Sí, pero me gustaba más otra fantasía, en la que estabas en la playa completamente desnuda y cubierta de arena –respondió él–. Casi como ahora, porque tienes tanta que vas a manchar toda la cama.

–Si quieres que me duche antes… –dijo ella, provocándolo.

–De ninguna manera.

Xan se empezó a desvestir sin cuidado alguno, lanzando la corbata, los zapatos y los calcetines al suelo. Desde luego, ella sabía que luego lo ordenaría todo y que se quejaría del efecto que causaba en él; pero eso le importaba poco, así que se quitó seductoramente el vestido y, a continuación, se liberó del sujetador y las braguitas.

Xan la miró con deseo, y ella lo miró del mismo modo. No se cansaban nunca de hacer el amor. El mundo parecía detenerse cuando estaban juntos, y ella se sentía la mujer más segura, más feliz y más adorada de la Tierra. Se sentía hasta mucho más valiosa que los diamantes que le regalaba constantemente.

–Te amo –dijo ella con dulzura–. No sabes la suerte que tienes. Incluso estoy dispuesta a esperarte al pie de la escalera la próxima vez que te vayas.

–No, te prefiero así, *hara mu*. A mi lado.

Xan la tomó entre sus brazos y soltó un suspiro de satisfacción, porque volver a casa y disfrutar de la cálida atmósfera que Elvi había creado, era el mayor placer que tenía.

–Amar y ser feliz para siempre –continuó él–. Nunca creí que lo consiguiera, pero tú me lo has dado.